られる!?
リベル
フローラ
役立たずと言われたので、わたしの家は独立します！
7
～伝説の竜を目覚めさせたら、なぜか最強の国になっていました～

いざリベル救出に出発！
ライアス
マリア

テラリス
ノア

「この前の続きですよね」

遠野九重
ill. 阿倍野ちゃこ
7
役立たずと言われたので、わたしの家は独立します！
～伝説の竜を目覚めさせたら、なぜか最強の国になっていました～

口絵・本文イラスト
阿倍野ちゃこ

装丁
おおの蛍（ムシカゴグラフィクス）

Contents

プロローグ　晩餐会です！

おはようございます、フローラです。

お元気ですか？

私はついさっきまで自室のベッドで寝込んでいました。

何が起こったのか、念のために振り返っておきましょうか。

今日はナイスナー王国の首都ハルスタットで、大陸統一を祝う式典が行われていました。

その締めくくりとして盛大なパレードが行われたのですが、街を一周してハルトリア宮殿に戻ったところで私は意識を失ってしまったのです。

びっくりですよね。

原因は、世界樹から生み出された神力がドッと流れ込んできたことにありました。

結果、私の身体に流れている高位神族の血が過剰なくらいに活性化してしまい、パタリと倒れてしまった……というわけです。

ご先祖さまの手記に書いてあった言葉を借りるなら『薬も過ぎれば毒となる』とか『過ぎたるは猶及ばざるがごとし』といったところでしょうか。

もしもその状態が続いていたなら私は目を覚ますことなく、ベッドでずっと眠ったままだったかもしれません。

けれど、リベルたちのおかげで世界樹から流入してくる神力も止まり、私は意識を取り戻すことができました。

後遺症？

ありませんね。

むしろ体調は良好そのもの、野原を駆けまわることだってできそうです。

まあ、やりませんけどね。

なにせ、もうすぐ晩餐会（ばんさんかい）です。

今日の式典のために集まってくれた各国の人々に挨拶をしなければなりませんからね。

「タヌキに代役を任せて、汝（なんじ）は休むべきではないか」

と、リベルは気遣うように言ってくれましたが、私としてはきちんと出席して、式典に来てくださった方々に感謝の気持ちを伝えたいところです。

礼儀を疎（おろそ）かにすると、なんだかモヤモヤしちゃいますからね。

自分自身の心をすこやかに保つために、ちゃんと晩餐会には行きますよ。

＊　＊

というわけで、晩餐会の時間となりました。

今日の装いは、青色のすらりとしたドレスですよ。

髪と首元にはバラのアートフラワーをあしらっており、全体として上品な雰囲気です。

着替えの場所は私の部屋で、ネコ精霊たちが一瞬で済ませてくれました。

「かくしげい、はやきがえ！」

「すてきなフローラさまが、すごくすてきになりました！」

「ばんさんかい、たのしんできてね！　いってらっしゃい！」

いってきます！

晩餐会の会場は、ハルトリア宮殿二階の大広間です。

そこは色彩豊かな花々によって美しく飾り立てられており、さながら屋内庭園のような雰囲気となっていました。

会場に足を踏み入れると、ネコ精霊たちがワッと集まってきました。

「フローラさま！　ようこそだよ！」

「ぼくたち、おはなをかざったよ！」

「きれいでしょー！」

どうやらこの子たちは会場の装飾をやってくれたみたいですね。

「ありがとうございます。とっても素敵な花ですね」

「わーい、ほめてもらっちゃった！」

「うれしいなー。うれしいなー。るららー」

「みんなにつたえなくっちゃ！」

ネコ精霊たちは大喜びで跳び上がると、その場から駆け出していきます。

今日も元気いっぱいですね。

クスッと笑いつつ、私は来賓の方々としばらく会話を交わします。

内容としては世界樹のことや精霊のこと、そしてパレードの後半に起こったことですね。

「まさか、あのようなサプライズを用意してらっしゃったとは予想外でした。本当に驚きましたぞ」

「絵画に残したくなるほど神々しいお姿でした。純白の翼と、煌めく銀色の髪……。今もこの目に焼き付いております」

「フローラ様を崇める者たちの気持ちがよく分かりました。あれほど美しく、可憐で、気高い方を見たことはありません」

ここまで持ち上げられると、さすがに恥ずかしくなってきますね。

パレードの後半に何が起きたのかというと、世界樹から送られてきた神力によって神様モードになっちゃったんですよね。

神様モードというのは高位神族の血が活性化して、私が神族になっている状態のことです。

呼び名があったほうが便利ですし、今、命名してみました。

せっかくなので覚えてくださいね。

さて、話を戻しましょうか。

パレードの途中でいきなり神様モードになってしまった私は戸惑いつつも、最初からサプライズを仕込んでいたかのように振る舞い、神力でキラキラとした光の粒を降らせてその場を乗り切りました。

ちなみに、光の粒には何の効果もありません。

ただ綺麗(きれい)なだけですが、パレードは大きく盛り上がったので演出としては成功でしょう。

むしろ、成功しすぎた、と言うべきかもしれません。

私があまりにも神様っぽい行動をしたせいで、人々が私に向ける信仰心が爆発的に膨れ上がってしまったからです。

その結果、世界樹から送られてくる神力がとんでもない勢いとなり、私はショックで意識を失うことになりました。

我ながらとんでもないやらかしです。

リベルや皆には面倒をかけてしまい、ホントに申し訳ないというかなんというか……。

おっと。

クヨクヨしている場合ではありません。

晩餐会はまだ続いていますからね。

反省は後回しでいいでしょう。

それよりも、そろそろ何か食べたいですね。

今回は立食形式なのですが、来賓の方々と喋(しゃべ)ってばかりで食事が後回しになっていました。

このままだとお腹(なか)がくうくう鳴ってしまうかもしれません。

一国の王女として、そんな事態は避けるべきでしょう。

……などと考えていると、背後から声を掛けられました。

第一章　とんでもないことが起こってしまいました！

「よっ、フローラ。お疲れさん」

振り向けば、そこにはカルナバル皇国のレオ皇子が立っていました。

左耳にはリングピアス、右耳には紫色のタッセルピアスが付いています。

皇国のならわしとして、左右非対称のピアスはその人が皇太子であることを示します。

以前にお会いした時は両腕の筋肉をアピールするようなノースリーブの服装でしたが、今回は公的な場ということもあり、白を基調とした長袖の礼服を纏っています。

「腹減ってるだろ？　ほら、届け物だ」

レオ皇子はそう言って、右手に持っていたお皿を差し出してきます。

オスシの盛り合わせですね。

タマゴ、イクラ、ウニ、オオトロ――。

私の好きなネタがずらりと揃っています。

「ありがとうございます。ネタのチョイスはレオ皇子が？」

「ああ……って言いたいところだが、違うんだな。これが」

レオ皇子は冗談めかした様子で肩を竦めました。

「リベルに頼まれたんだ。『フローラが腹を空かせておるはずだ。レオよ、このスシを届けてやってくれ』ってさ」

　さすがリベル、私の好物をばっちり理解してますね。

……って、感心している場合じゃないですね。

「皇子にそんなことをさせるなんて、すみません。あとでリベルには注意しておかないと……」

「いやいや、気にしなくていい。むしろオレは嬉しかったぜ。気軽に物を頼まれるのって、普通の友達みたいだしさ」

「もしかして気を使ってくれてますか」

「いやいや、本音だよ」

　レオ皇子はクスッと笑います。

「ついでに言えば、カルナバル皇国がナイスナー王国と親しい関係にあることを周囲にアピールできたわけだし、こっちとしちゃ万々歳だ。うちの親父なんて、他国の連中にめちゃめちゃ自慢してたぞ」

　今回の式典には、レオ皇子のお父様——カルナバル皇国の現皇王も出席しています。

恰幅のいい男性で、にこやかな表情は確かにレオ皇子と血の繋がりを感じさせるものでした。

「そういや、今日はひとりなんだな」

　ふと、レオ皇子が呟きます。

「いつもならリベルが横に引っ付いてるんじゃないのか？　ほら、オレみたいに変な虫がフローラに近付かないようにさ」

「レオ皇子は変な虫じゃないですよ。大事なお友達です」

「ははっ、そいつは光栄だ」

レオ皇子は軽い調子でそう告げると、さらに言葉を続けます。

「で、どうして今日に限ってリベルと別々なんだ？　もしかして、喧嘩でもしてるのか」

「そういうわけじゃないですよ。たまたまです」

「だったらいいんだが、もし困ってることがあるなら遠慮なく言えよ。フローラとリベルには世話になったからな。いつでも力になる」

「ありがとうございます。いま困っていることといえば、お腹が空いていることですね」

「おっと、食事の邪魔をしちまったな。こいつは申し訳ない。お詫びに飲み物も取ってくるよ」

「でしたらリョクチャでお願いします」

「温かいやつか？　それとも冷たいやつ？」

「オスシですし、温かいほうで」

「だよな」


オスシは一流の職人さんが握ったもので、ネタの鮮度もよく、とても美味でした。

特にウニはとろとろで、旨味と甘味で思わず「はう」と声が出てしまうほど。

レオ皇子は「マジでうまそうに食べるよな」と苦笑していましたね。

ちょっと照れくさいです。

腹具合が落ち着いたところで周囲を見回すと、たまたま、遠くにいるリベルと目が合いました。

……えっと。

私は思わず視線を逸らします。

リベルはしばらくこちらを見ていましたが、やがて近くにいたライアス兄様に声をかけて、話を始めました。

レオ皇子にも言いましたけど、リベルと喧嘩をしているわけじゃないですよ。

ただ、どんなふうに彼と接したらいいか分からないだけで――。

うう。

困りました。

実は、このあとリベルと約束があるんですよね。


『晩餐会の後、汝に話がある。時間を空けておくがいい』


リベルはどんな話をするつもりなのでしょうか。

まったく予想がつきません。

……ごめんなさい、今のは嘘です。

ある程度の推測は立っています。

だからこそ、つい、距離を取ってしまっているわけで……。

「ははーん。なるほどね」

私の近くで温かいリョクチャを飲んでいたレオ皇子が、ふと、頷きながら声を上げました。

「だいたい察したよ。やっと収まるところに収まったんだな。いや、これから収まろうとしているってところか」

「何のことでしょう」

「キミとリベルのことだよ。ま、オレみたいな外野が口を出すのは野暮ってもんだろうな」

レオ皇子はそう言うとリョクチャを一気に飲み干しました。

「熱くないですか」

「ぬるくなってたから大丈夫だ。オレのことはいいんだよ。大変なのはフローラだろ」

「ええ、まあ」

平気とはいえないですよね。

現実問題として、私はリベルを避けるような素振りをしているわけですし。

彼を不安にさせていたとしたら申し訳ないな……と思いつつも、言葉を交わす勇気を持てずにいます。

「まあ、悩めるうちに悩むといいさ」

レオ皇子はやけに大人びた表情で私に告げます。

「オレだって、キミに求婚した時は直前までクヨクヨしまくってたからな」

それは一年半前のことを言っているのでしょう。

当時、外交交渉のためにナイスナー王国を訪れていたレオ皇子は、私に想(おも)いを告げてくれました。

けれど、私はその求婚を断ったわけで、ええと。

「その節はなんというか……すみませんでした」

「謝ることじゃないさ。オレにとってはいい経験だったし、断られたからこそ、今はこうして適度な距離で仲良く話せる。満足しているよ」

「辛くはないんですか」

「ノーコメントかな。たとえばキミとリベルがどうしようもないくらい険悪になってしまったら、オレだってどうなるか分からないからね」

レオ皇子は冗談めかした様子で、そんなふうに答えました。

＊　＊

晩餐会(ばんさんかい)が終わった後、私はひとまず自分の部屋へと戻りました。

ドレスを着た時と同じように、脱ぐのもネコ精霊たちがやってくれます。

「かくしげい、はやきがえ！」

「わっ、さっ、ぱっ、でべつのすがたになっちゃうよ！」

「みのがしげんきん！」

ワッ(ネコ精霊が集まる音)、サッ(ドレスが脱げる音)、パッ(服を着せる音)。

この間、一秒も経っていません。

まさに早業です。

「きがえ、おしまい！」

「あとでむかえにくるねー」

「ではではしつれいしますー」

ネコ精霊たちはぺこりと一礼すると、部屋から出ていきます。

私はその姿を見送ったあと、部屋のベッドにぽふんと仰向けに倒れます。

ふう。

晩餐会は公的な場ということもあり、周囲の目を意識して、ずっと気を張っていました。

さすがに疲れちゃいましたね。

「ふぁ……」

おっと。

自分の部屋に戻ってこられたおかげか、ついつい欠伸が漏れていました。

でも、私の一日はまだ終わっていません。

リベルとの話が残っていますからね。

ここで眠ってしまうわけにはいきません。

あとでネコ精霊たちが迎えに来るみたいですから、それまでに頭の中をまとめておきたいところです。

最初に思い浮かんだのは、世界樹の中でリベルが言っていたことです。

『かつて、我の近くにはハルトという男がおった。あやつも面白い人族だった。友として掛け替えのない存在と感じていた。これこそが友情というものなのだろう』

『だが、我がフローラに対して抱いている感情とは違う。別のものだ。ずっと遠回りをしてきたが、ようやく理解できた。我はきっと――』

あの時、最後の部分はよく聞こえませんでした。

リベルが私に対して抱いているのは、どんな感情なのか。

早く知りたいような、けれども、聞くのが怖いような……。

この後のことを考えると、期待と不安が一緒に押し寄せてきて、自分でもわけがわからなくなってきます。

私、混乱しているみたいですね。

ちょっと深呼吸して落ち着きましょう。

すぅ、はぁ。

「うーん」

ダメです。

胸の奥がキュッと締め付けられるような、落ち着かない気持ちが続いています。

そもそも、私はどうなのでしょう。

リベルに対して、どんな感情を抱いているのか。

まず頭に浮かんだのは、

いつも隣にいてくれる人、

という言葉でした。

実際には人じゃなくて竜なんですけど、それはさておき。

彼とは二年以上の付き合いになりますが、一緒にいても疲れず、むしろ居心地がいいな、と感じます。

最近は、私のほうが油断しているというか、リベルの懐の大きさに甘えちゃっていることも多いですね。

そういう意味では、私にとっての彼は、お父様やライアス兄様に近い存在……ん？

「ちょっと待ってください」

とんでもないことに気付いてしまいました。

そもそもの話なんですけど。

私、お父様やライアス兄様に甘えたこと、ありましたっけ。

えーと。

「……ほとんどないですね」

むしろ「無理はするな」とか「いつでも頼ってくれよ」とか、心配されてばかりのような。

振り返ってみると、私、お父様やライアス兄様に対して弱音を吐いたことって一度もないんですよね。

子供時代を振り返れば、お父様は領主としての仕事が忙しく、ライアス兄様は跡継ぎとしての勉強に追われ、お母様も騎士団の訓練などに時間を取られていました。

だから私は家族に迷惑をかけないように「いい子」でいることを心掛けており、お母様が亡くなってからはその傾向がさらに強くなっていました。

そうするうちに私の脳内からは「家族に甘える」という発想が完全に消えていたのでしょう。

「お父様やライアス兄様が不安になるのも当然ですよね……」

なにせ、掛け替えのない家族から距離を取られているようなものですから。

なんだか申し訳ない気持ちになってきます。

二人とはいずれ腹を割って話し合うべきでしょう。

ただ、今はそれよりも考えるべきことがあります。

周囲にほとんど甘えられない私。

そんな私が、唯一、気兼ねなく甘えられる相手――。

リベル。

彼がそばにいるとすごく落ち着くし、穏やかな気持ちになれます。

これは「好き」という感情なのでしょうか。

もちろん、好きか嫌いかの二択で言えば前者なのですが、そういう話じゃないですよ。

私がリベルに対して抱いているこの気持ちは、恋愛としての「好き」なのか。

それとも、親愛や信頼といった感情なのか。

「……難しいですね」

恋愛と言われればそうかもしれないし、そうじゃないのかもしれません。

じゃあ、マリアやお父様、ライアス兄様に対して抱いている感情と同じなのかと言われたら、なんだか違うような気もします。

うーん。

いつまでも悩んでいるわけにはいかないのですが、自分の気持ちをはっきりさせないままリベルと会うのは抵抗があります。

彼に対しては、誠実に向き合いたいですから。

私はしばらくのあいだ、部屋の天井を見上げながら考え込んでいました。

＊　＊

くー。

すぴー。

……はっ。

「えっ⁉」

私は大慌てで飛び起きます。

まさか、考え込んでいるうちに寝てしまうなんて！

大慌てで周囲を見回し、壁に掛けてある時計に視線を向けます。

「……うそ」

思わず、声が漏れました。

時刻は——午前四時十五分。

部屋に戻ってきたのが午後一〇時くらいでしたから、六時間以上も眠っていたことになります。

おかげで疲労も取れて身体も軽いのですが、気持ちはかなり追い詰められていました。

「ど、どうしましょう」

そうだ、いいことを思いつきましたよ。

「ミケーネさん！　イズナさん！　タヌキさん！　ローゼクリス！」

ポン、ポン、ポン、ポンと白い煙が弾け、三匹の精霊と聖杖が現れます。

「フローラさま、どうしたの⁉」

「おはようございます。よく眠ってらっしゃいましたね」

「おつかれだったんだねー」

「おねえちゃん、随分慌ててるね。気持ちは分かるけど、ちょっと落ち着こうか」

いやいや、落ち着けるわけがありません。

なにせリベルとの約束をすっぽかしてしまったわけですから。

あわわわわ、と意味のない言葉を吐き出しそうになるのをグッとこらえて問いかけます。

「皆さん、時間を巻き戻す魔法ってご存じないですか」

「ぼくは聞いたことないよー」

「申し訳ございません。ワタシも存じ上げず……」

「ないとおもうー」

「人族どころか神族でも、時間を操ることはできないよ。まあ、おねえちゃんが高位神族になれたら話は別だろうけど……」

要するに、時間を巻き戻すのは無理、ってことですね。

最近、不可能に思えることが実は可能だったということが多いので、ちょっぴり期待していたのですけれど、世の中そこまで甘くないようです。

困りました。

どうすればいいのでしょう。

……って、答えなんて最初からひとつですよね。

正直に謝りましょう。

さっきまでは動揺していましたけど、一周して冷静になってきましたよ。

ただ、リベルが気を悪くしていないかどうか、ちょっと心配です。

私が眉を寄せて困っていると、イズナさんが声を掛けてきます。

「フローラ様、ご安心ください。リベル様は気長に待つと仰(おつしや)っておりました」

えっ？

予想外の言葉に驚いていると、ミケーネさん、タヌキさん、そしてローゼクリスが順番にこう言いました。

「フローラさまが寝ちゃったあと、ぼくたち、そのことをすぐに王様に報告したんだよ！」

「きょうはいろいろあったからしかたない、ねかせておいてやれ、っていってたよー」

「王様は怒ってないし、むしろ面白がっていたよ。おねえちゃん、よかったね」

どうやら私が眠ってしまったことは、リベルに伝わっていたみたいですね。

起こそうと思えば起こせるのに、こちらを気遣ってそのままにしてくれたようです。

申し訳なく感じる一方で、やっぱり優しいな、と思います。

こんなふうに大切にしてもらえるのは幸福なことだし、嬉(うれ)しいですよね。

胸のあたりにほわっと温かい気持ちが広がります。

とはいえ、いつまでもほわほわしているわけにはいきません。

日時を再調整しないといけませんね。

リベルを待たせてばかりなのは申し訳ないので、できるだけ早いほうがよさそうです。

私としては今すぐでも構いませんが、さすがに夜が明けてからでしょうか。

「うん、分かった！　じゃあ、聞いてくるね！」

んん？

ミケーネさん、突然どうしたんですか。

私が戸惑っていると、タヌキさんとイズナさんがこちらを見上げて告げます。

「フローラさま、かんがえがくちにでてたよー」

「リベル様を待たせるのは申し訳ないので、早いほうがいい。今からでも構わない……という旨のことを呟いておられました」

ああ、なるほど。

私が無意識のうちに漏らしていた言葉を聞いて、ミケーネさんが答えたんですね。

とはいえ、今は深夜というか夜明け前の時間帯ですし、さすがにリベルも眠っているでしょう。

「ミケーネさん。リベルの都合を聞くのは朝になってからでいいですよ。……あれ？」

いませんね。

私は部屋を見回しますが、ミケーネさんの姿はどこにもありません。

「あれ、ミケーネさんは？」

「どうやらリベル様の元へ向かったようです」

早くないですか⁉

「戻ったよ！」

早いですね⁉

ポン、と白い煙が弾けてミケーネさんが目の前に現れます。

「おうさま、起きてたよ！　今から中庭に行くって！」

ひえええええっ。

展開が早すぎませんか⁉

どうしましょう、心の準備がまったくできていません。

……いえ。

ここは逆に考えましょう。

私はリベルをどう思っているのか。

それは簡単に答えの出る問題ではありませんし、先延ばしにすればするほど悩みが深まってしまうだけです。

だったら、とにかくリベルの話を聞いてみましょう。

それからどうするかは未来の私に任せます。

頑張ってください！

——問題の先送りは後で困るだけですよ、過去の私！

ん？

なんだか声が聞こえたような……？

たぶん気のせいでしょう。

それよりも重要なことがあります。

今からリベルに会うわけですからね。

寝起きの姿のまま向かうなんてダメダメです。

顔を洗って、身だしなみを整えてから行きましょう。

服も着替えたいところです。

ひとりで全部やるなら時間もかかりますが、私には精霊がいます。

「ミケーネさん、イズナさん、タヌキさん、ローゼクリス。支度を手伝ってください！」

「はーい！　ネコ精霊のみんなも呼ぶよ！」

「承知いたしました。最高の姿で送り出してみせましょう」

「がんばるぞー」

「髪を編み込むのはボクに任せてね」

ローゼクリスは杖（つえ）ですが、魔法の力で髪を編むことができます。

実はかなり器用なんですよね。

＊　＊

精霊たちのおかげで、支度はたった五分で終わりました。

髪形は編み込みのハーフアップ、もちろん月と星の髪飾りもつけていますよ。

可愛らしく整えてもらったおかげで、私の気分は上々です。

右手には、以前、リベルが買ってくれたブレスレットを着けています。

服装は、白のブラウスに青色のスカート。

初めて彼に出会った時の組み合わせですね。

「きっと、おうさまもきにいってくれるよ！　フローラさま、いってらっしゃい！」

「我々は遠くに控えております。何かあれば、いつでもお呼びください」

「ぐっどらっくー」

「この時間ならみんな寝ているだろうし、今回ばかりはネコ精霊たちも乱入してこないはずだよ。おねえちゃん、頑張ってね」

皆に送り出され、私は部屋を出ます。

夜の宮殿は静かですが、鎧姿のネコ精霊たちが見回りをしており、不気味な雰囲気とはまったく無縁でした。

「がしゃん、がしゃん。ぼくたち、けいびのねこだよ」

「おしろのあんぜんをまもるよー」

「どろぼうは、たべちゃうぞ！　がおー」

食べちゃうんですか⁉

驚きのあまり、私は思わず足を止めてしまいました。

「泥棒を食べるって、さすがに冗談ですよね」

「どうだろうねー」

「たべるかも？　たべないかも？」

「ほかにおいしいものがいっぱいあるから、たべないよー。あんしんしてね」

ほっ。

どうやら食べるつもりはないようです。

ちょっと安心しました。

ネコ精霊たちは絵本の世界から出てきたような存在ですから、それこそ、泥棒をパクッと丸呑（まるの）みしちゃってもおかしくないんですよね。


私は宮殿の一階に降りると、そのまま中庭に向かいました。

外はまだ太陽が昇っておらず薄暗いものの、あちこちに設置されている魔導灯が周囲を明るく照らしています。

花壇には真っ赤なリコリスの花が並んでおり、風に揺れる姿はまるで私を歓迎してくれているかのようでした。

ちなみにリコリスはニホンゴで「ヒガンバナ（彼岸花）」と呼ぶそうです。

ヒガンというのは春の「シュンブン（春分）」と秋の「シュウブン（秋分）」、要するに昼と夜の長さが同じになる日とその前後を指す言葉で、ニホンではこの時期に祖先の供養を行う……と、ご先祖さまの手記に書いてありました。

まあ、ただのマメ知識なので忘れてもらって大丈夫ですよ。

そういえば、ご先祖さまの残留思念にはいずれお礼を言いたいところです。

あの人が手助けしてくれたのもあって、私は無事に目覚めることができたわけですからね。

ただ、『隠れ家』は人界と神界のスキマに隠されており、こちらから行こうと思って行ける場所じゃないんですよね。

おっと。

世界樹の意思……カイくんに頼めば、直通路を作ってもらえないでしょうか。

これからリベルに会うのだから、いつまでも他の人のことばかり考えていてはいけませんね。

視線を前に向ければ、大きな噴水が見えてきます。

噴水はバラの花を象(かたど)った形になっており、三段式の受け皿となっています。

頂点から噴き出した水のアーチは最初に一番上の小さな皿の上に落ち、外周部に作られたいくつもの溝から滝のように流れ出し、さらに中段と一番下の皿で受け止められます。

そのあとポンプによって組み上げられ、ふたたび頂点に運ばれる……という仕組みですね。

魔導灯に照らされ、噴水の水がキラキラと輝いています。

その向こうに、背の高い、赤髪の男性が立っていました。

左耳の上を見れば、そこには竜であることを示す鋭いツノが後方に向かって伸びています。

リベル。

精霊の王にして最強の竜、そして、私の守護者。

彼はいつもと変わらぬ涼しげな表情で、その場に立っていました。

物思いに耽(ふけ)っているのか、瞼(まぶた)は薄く閉じられています。

いや、待ってください。

今は夜明け前ですからね。

リベルは寝ているところをミケーネさんに叩(たた)き起(お)こされ、ここに来たのかもしれません。

つまり……眠さのあまり、立ったまま寝ているのではないでしょうか。

「違うぞ」

「ひえっ⁉」

いきなり話しかけられたので、びっくりして声を上げてしまいました。

「リベル、起きてたんですか」

「当然であろう。愛(いと)しい相手が来るというのに居眠りなどしてられるか」

あう……。

今、サラッと「愛しい」なんて言いましたよ。

世界樹の事件があってからというもの、彼はやけに情熱的です。

こちらとしては照れくさいやら気恥ずかしいやらで、どうにも心臓が落ち着きません。

私は耳のあたりが熱くなるのを感じつつ、口を開きます。

「さっき『違うぞ』って言ってましたけど、私、もしかして考えが口に出ちゃってましたか」

「いいや、汝は何も話しておらん。だが、考えそうなことくらいは予想がつく。我が立ったまま寝ているとでも思ったのであろう」

「ええ、まあ」

「やはりな」

リベルはニヤリと笑みを浮かべます。

「三年近い付き合いだからな。汝のことは理解しておる」

言われてみれば、リベルと出会ってから結構な時間が流れているんですよね。

そのあいだにナイスナー辺境伯領が国として独立したり、神界に飛ばされて戻ってきたり、世界樹が生まれたり――。本当にいろんなことが起こりました。

私が過去に想いを馳せていると、リベルがこちらを向き、左手を掲げました。

彼の手首には、私とおそろいのブレスレットが輝いています。

「汝も着けておるのだな」

「ええ、リベルからプレゼントしてもらったものですから。お気に入りなんですよ」

「我も気に入っておる。二人で同じものを身に着けるというのは、なかなかにこそばゆいが、心地がよい」

リベルはフッと笑みを浮かべると、右手で慈しむように、左手首のブレスレットに触れました。

私もなんとなく、自分の右腕のブレスレットに触れます。

お互いに手を繋いでいるわけではないのに、ブレスレットを通して彼の体温が伝わってくるように感じられました。

気持ちが繋がっている、というのは、こういうことを言うのでしょうか。

互いに視線を交わし、揃って小さく笑みを零します。

「フローラ、体調はどうだ」

「おかげさまですっかり回復しましたよ。というか、約束をすっぽかしちゃってごめんなさい」

「気にするな。元々、我が一方的に呼び出したようなものだからな」

リベルは優しい口ぶりでそう言うと、ポンポン、と私の頭を撫でました。

「汝も疲れていたのだから仕方あるまい。別の機会に改めて話をしようかと思っていたが、まさかこんな夜明けに呼ばれるとはな。さすがの我も驚いだぞ、ククッ」

「すみません。私としても、本当はもっと常識的な時間にしたかったんですけど……」

「問題ないとも。汝がうっかり考えを口に出した結果、ミケーネが勝手に動いたのであろう」

「大正解です。よく分かりましたね」

「汝のことは理解しておる、と言ったであろう」

ふふん、とリベルは得意げに胸を張ります。

「そもそも、我はこの時間に会うことを了承し、ここに来ておる。ならばフローラが謝る必要はない。むしろ、汝こそよかったのか。まだ眠いのであれば、無理はせずともよい」

「大丈夫ですよ。おめめぱっちり、元気いっぱいです」

そう答えてリベルに笑いかけると、彼は照れたように視線を逸らしてしまいました。

「どうしました？」

「……不意打ちはやめるがいい。汝の微笑みは、心臓に来る」

「ドキドキしてるってことですか」

私が問いかけると、リベルは困ったように眉を寄せ、

「……否定はせん」

と、小声で答えました。

えっと。

不覚にも、キュンと来ましたよ。

普段の凛々しい姿とのギャップもあってか、なんだか可愛らしく感じられます。

ついつい、口元がニヤケてしまいました。

「コホン」

リベルが誤魔化すように咳ばらいをします。

「前置きはこれくらいでよかろう。本題に入らせてもらおう」

「……はい」

うう。

ついにこの時が来てしまいました。

結局、私がリベルに対してどんな感情を抱いているのか、うまく整理できてないんですよね。

とはいえ、ここまで来たからには後戻りもできません。

腹を括って、リベルの言葉に耳を傾けます。

「さて、どこから話したものか。……式典のパレードの後、汝は意識を失って倒れたな」

「世界樹から神力が流れ込みすぎちゃったせいですね。騒ぎが大きくならないように、リベルが手を回してくれたんですよね。ありがとうございます」

「別に構わぬ。汝が望みそうなことを行ったまでだ」

実際、リベルの取ってくれた対応は完璧なものだと思っています。

私が倒れたことが周囲に知られたら、余計な不安が広がってしまいますからね。

「正直に述べるが、汝が意識を失った時、我はいつになく動揺した。フローラが二度と目覚めぬのではないか、言葉を交わすことも叶わなくなったのではないか――。そのような不安に苛まれたのだ。精霊王にして最強の竜を名乗る者にしては情けない話だがな」

「情けないなんて言わないでください。私は、嬉しいです。不安になったのは、私のことを大切に思ってくれているからですよね」

「……ああ、そうだな」

リベルは頷くと、真剣な表情を浮かべ、私に向かって告げます。

「人間の命とは儚いものだ。我はハルトの死でそれを知ったはずだが、まだまだ甘かったらしい。とはいえ、これから改めていくことはできる。ゆえに――我の、汝への感情を聞いてほしい」

「……はい」

私はリベルと視線を合わせ、ゆっくりと頷きます。

心臓の鼓動がだんだん速くなっていました。

不安が胸の中で風船みたいに大きく広がって、今にもぱぁんと弾けてしまいそうでした。

私、すごく緊張しているみたいです。

けれど、リベルの言葉を早く聞きたい、と願っている私もいました。

あなたが私のことをどう思っているのか、教えてください。

そうしたら——

私もあなたへの気持ちを言葉にできそうだから。

「我は汝のことを……」

リベルが告げます。


いえ。

告げようとしました。

ですが——


次の瞬間、リベルはハッと大きく目を見開きました。

そして力いっぱいの声で叫んだのです。

「フローラ、右だ！　逃げよ！」

えっ。

あまりにも突然のことだったので、私は戸惑わずにいられませんでした。
とはいえ、ボーッと立っていたわけではありません。
リベルの声色からは危険が迫っていることが理解できました。
私はほとんど反射的に後方へ飛びのいていました。
同時に、視線を右側に向けます。
私の眼に入ってきたのは、予想外の光景でした。
まるでリベルが宝物庫を開いた時のように空間がぐにゃりと歪んでいます。
サイズはかなりのもので、大型の馬車がそのまま通れそうなほどでした。
その歪みから、無数の鎖が私に向かって飛び出しました。
突然の異常事態を前にして、いくつもの思考が頭を駆け巡ります。
避けきれるでしょうか。
いえ、無理です。
私は瞬間的にそう判断しました。
一本や二本ならともかく、鎖はこちらを包み込むように四方八方から迫っていました。
さながら、獲物を丸呑みしようとするヘビのようです。
だったら精霊たちを呼ぶのはどうでしょう。
あるいは、世界樹に神力を送ってもらって、神様モードになるとか。
……間に合いませんね。

ただ、こんなことをするのはファールハウトかシークアミルに決まっています。

どうやら鎖は私を捕まえようとしているみたいですし、このまま敵の喉元に招待してもらえるのであればかえって好都合でしょう。

——などと、考えていた矢先のことです。

鎖のうちの一本が、私の頬（ほお）をかすめました。

その途端、ガクン、と全身から力が抜けてしまったのです。

鎖は、触れた相手を弱らせる呪いのようなものを持っているのかもしれません。

そのまま私はなすすべもなく連れ去られるかと思いきや——

「フローラ！」

リベルが両腕で私の身体を、ドン、と突き飛ばしました。

私はそのままボールのように弾（はじ）き飛（と）ばされてしまいます。

私を捕えようとしていた鎖はといえば、一瞬だけ戸惑ったように動きを止めましたが、今度は狙いをリベルに定めたらしく、彼のもとに殺到しました。

「くっ……！」

首、胴体、両腕、両足——。

リベルの身体に鎖が巻き付き、グイ、と歪みの中へと引きずり込んだのです。

それはわずか一秒にも満たない、短い時間の出来事でした。

突き飛ばされた私が地面に落ちる寸前でネコ精霊たちにキャッチされた時にはもう、歪みも、鎖も、そしてリベルの姿も、すべてがその場から消え失せていました。

「フローラさま、ごぶじ⁉」

「おうさまが、つれさられちゃった！」

「きんきゅうじたいはっせい！　きんきゅうじたいはっせい！　あわわわわわわ！」

ネコ精霊たちの慌てたような声が響きます。

私はあまりに予想外の展開に驚きつつも、次第に意識が遠ざかるのを感じていました――。

＊　＊

「よく寝ているというか、起きていられるだけの体力を奪われた、ってところか」

……ん？

どこか聞き覚えのある男性の声で、私は目を覚ましました。

瞼を開くと、そこはコタツの置かれたタタミの部屋でした。

私の両足はコタツの中に入っており、おかげでポカポカしています。

「ここは……『隠れ家』ですか」

「大正解だ。さすがオレの子孫、察しがいいな」

左側から、パチン、と指を鳴らす音が聞こえてきました。

身を起こしてそちらを見れば、黒髪の青年……ご先祖さまのハルト・ディ・ナイスナーが優しげな笑みを浮かべていました。

厳密に言うなら本人はすでに亡くなっており、『隠れ家』にいるのは残留思念のようなものですが、まあ、ご先祖さまであることに変わりはないでしょう。

「私、またここに来ちゃったんですね」

以前にもちょっと説明しましたが、『隠れ家』は人界と神界のスキマに存在しており、行こうと思って行ける場所ではありません。

ナイスナー家の人間が神族になりかけた時、精神だけがこの場所に召喚されるような術式が組まれているそうです。

要するに、ここでコタツに入っている私は実のところ意識だけの存在となっており、肉体のほうはネコ精霊たちのところで眠っているわけですね。

ニホンゴで言うところの『ユウタイリダツ（幽体離脱）』をイメージしてもらうと分かりやすいかもしれません。

とはいえ、今の自分があくまで幽霊のようなものであるなら、足に感じるコタツの暖かさはいったいなんだろう……と疑問に思ったりもしますが、きっとご先祖さまのことですし、術式に何らかの工夫をしているのでしょう。たぶん。

「さて、おまえさんがここに来るのは久しぶり……ってわけでもないか。むしろ昨日の今日か」

「そうなりますね」

昨日のパレードで気を失った時も『隠れ家』に来ていますから、せいぜい十数時間ぶりといったところでしょうか。

あれ？

そういえば『隠れ家』に来るのって、ナイスナー家の人間が神族になりかかった時ですよね。

「もしかして私、また神様モードになりかかってますか」

「神様モード？　なんだそりゃ。神族になっている状態のことか？」

「はい。名前がないと不便なので」

「なるほどな。分かりやすくていいんじゃないか」

ご先祖さまはうんうんと頷くと、さらに言葉を続けます。

「話を戻すが、今回のおまえさんは別に神族になりかかっているわけじゃない。ちょっと話があったから、意識を引っ張り込ませてもらったんだよ」

「そんなことができるんですか」

「当然だ。オレは天才だからな」

ご先祖さまは得意げに笑みを浮かべた後、その表情を崩すようにニカッと笑いました。

「……というのは冗談だ。オレが器用なのは事実だが、万能ってわけじゃない。世界樹に力を貸してもらって、人界と『隠れ家』のあいだに近道みたいなものを作ったんだよ」

「その近道を使って、私の意識をここに連れてきた……ってところですか」

「理解が早くて助かるぜ。おまえさんの考えてる通りだ」

「ありがとうございます。ところで、どうやって世界樹の力を借りたんですか」

「前回、おまえさんを世界樹の中に送り込んだだろ？　あれがきっかけになって、オレも世界樹の意思と話せるようになったんだよ。確か、カイって名前だったか」

「ええ、合ってますよ」

「世界樹だからカイってところか。分かりやすくていいな。ともあれ、カイに頼んでおまえさんを招待したってわけだ。……倒れる前のことは覚えてるか」

「えっと」

私、何をしていたんでしたっけ。

なんだか記憶がボンヤリしています。

晩餐会でレオ皇子に会って、オスシを食べたところまでは覚えていますが、そこから先がどうにも曖昧です。

私が考え込んでいると、ご先祖さまは少し考えてから呟きました。

「あの鎖、精神にも悪影響があるみたいだな。ちょっと待ってろ。これくらいならオレでも治せる。

――《マインド・ブリーチ》」

ひえっ。

ご先祖さまは詠唱とともに私の方に右手をかざします。

目の前でパッと眩しい光が弾けました。

同時に、モヤが晴れていくような、不思議な感覚が頭の中に広がります。

……あっ。

思い出しました。

ここに来る直前、私は中庭でリベルと会っていました。

けれど、突如として現れた謎の鎖に攫われそうになり——私を庇ったリベルがそのまま連れ去られてしまったのです。

大事なひとのことなのに、どうして忘れていたのでしょう。

自分が情けなくて、悔しくて、奥歯を噛み締めていたら、ご先祖さまはこちらに向けていた右手でいきなりペシッとデコピンをしてきました。

「いきなり何をするんですか」

痛みはありませんでしたが、さすがにビックリしました。

私はジト目でご先祖さまを見上げます。

「レディに対して失礼ですよ」

「そいつは悪かった。つーか、あんまり自分を責めるなよ。どう考えてもあの鎖が悪いんだからな」

「でも……」

「おいおい、手記に書いてなかったか。先祖に口答えするな、ってな」

ご先祖さまはそう言って二回目のデコピンを放とうとしたので、先手を打って私からデコピンを仕掛けます。

ベシィ！

「痛っ⁉　おいおい、手加減しろよ……」

「嘘を吐くからですよ。先祖に口答えするななんて、手記のどこにも書いてません」

手記の内容は完全に暗記してますからね。

嘘はすぐに分かりますよ。

ふふん。

「ともあれ、何があったかは思い出せました。ありがとうございます。……あの鎖はいったい何でしょうか」

「おまえさんも予想がついてると思うが、黒幕はファールハウトだろうな。カイもそう言ってる」

「カイくんと話したんですか」

「おまえさんをここに引っ張り込む前に、少しだけな」

ご先祖さまはそう言って、さらに話を続けます。

世界樹には様々な力が備わっており、そのうちの一つに『邪悪なものの干渉を退ける』というものがあります。

もうちょっと具体的に言うと、世界樹を中心としてこの世界には結界が張られているのですが、敵はそれを強引に突破して、私を連れ去ろうとしたようです。

「……というわけだ。ちなみに、カイはいま結界を修復してるよ。二度目、三度目がないようにもっと頑丈にするって言ってたな」

と、ご先祖さまが説明を終えた直後のことです。

「フローラおかーしゃま！」

小さな子供の声が、すぐ右側から聞こえました。

そちらに視線を向けると、ポンと白い煙が弾けて、その中から銀髪の男の子が姿を現しました。

世界樹の意思――カイくんです。

いきなりのことにビックリしましたけど、世界樹はまだまだ成長中なので何があっても不思議ではありません。

ご先祖さまはカイくんと話したことがあると言っていましたし、もしかしたら何度かここに招いているのかもしれません。

私がそんなことを考えていると、カイくんは両眼(りょうめ)をうるうると潤ませ、縋(すが)るように胸元に飛び込んできます。

「ううう っ、うえええええっ！　フローラおかーしゃま、ごめんね、ごめんね……！」

「どうしたんですか、カイくん。大丈夫ですか？」

「けっかいがこわされたせいでリベルおとーしゃまが連れ去られちゃって……わあああぁっ！」

カイくんは大声を上げると、わんわんと泣き始めます。

「カイくんは悪くないですよ。悪いことをする人が悪いんです」

私はぎゅっとカイくんを抱きしめると、その小さな背中を撫でながら優しく声を掛けます。

「結界を直して、前より頑丈にしてくれているんですよね。それで十分ですから、安心してください。リベルは私たちが助け出します」

「ひっぐ、ぐすん……。ぼくも、てつだう。結界のことがおわったら、おかーしゃまといっしょに、おとーしゃまをたすける」

「分かりました。それじゃあ、ここからは役割分担ですね」

カイくんが結界のことをやっているあいだに、私が……いえ、私たちがリベルの居場所を突き止める。

もし可能なら、ファールハウトやシークアミルとは今回で決着をつけてしまいたいですね。

これからもずっと迷惑を掛けられるなんて、絶対にお断りですから。


カイくんはしばらくすると泣き止み、落ち着いて話ができるようになりました。

「フローラおかーしゃま、おおさわぎしてごめんね」

「いいんですよ。辛いことがあったら、どんどん甘えてくださいね」

「ぼくがわーってなったら、ぎゅっとしてくれる？」

「もちろんです。わーでもむーでも、特に何もなくても、遠慮しないでいつでも来てください。カイくんなら大歓迎ですよ」

「めいわくじゃない？」

「迷惑なわけありませんよ。私は、カイくんのおかーしゃまですから」

私はそう言って、右手でカイくんの頭をぽんぽんと撫でます。

あっ。

自分で言うのもなんですけど、この撫で方、リベルにそっくりですね。

何度も撫でられているうちに移ってしまったのかもしれませんね。

＊＊

その後、カイくんは結界の修復と強化を済ませるために、世界樹の中へ帰っていきました。

「フローラおかーしゃま、またね」

「ええ、また会いましょう。あんまり無理はしないでくださいね」

別れの挨拶を終えると、カイくんはポンと白い煙に包まれてその場から姿を消しました。

和室に残っているのは、私とご先祖さまだけです。

「なかなかいい親っぷりだったな、フローラ」

ご先祖さまはしみじみとした様子で呟きました。

「隣で眺めてたが、久々にほっこりしたよ。おまえさん、子供を甘やかすのがうまいな」

「そうですか？　私は甘え下手な方ですけど」

「甘えるのが下手だからこそ、どうやれば相手が甘えやすいのかが分かるのかもな。ともあれ、カイのやつは大丈夫だろう。問題は、連れ去られたリベルだな」

ご先祖さまはそう言って、真剣な表情を浮かべます。

「アイツがどこに攫われたのか、オレの方でも調べてみる。まあ『隠れ家』の中じゃできることも制限されるが、そこはうまくやるさ」

「手伝ってくれるんですか」

「当然だろ。親友(ダチ)のピンチに黙ってられるか」

そう言ってご先祖さまはスッと目を細めます。

「そもそもオレの子孫(フローラ)に迷惑を掛けてる時点で、ファールハウトはマイナス百億点だ。シークアミルのやつも同罪だな。ボコボコにぶん殴ってやる」

ひえっ。

口調こそ普段通りの軽いものですが、顔が笑っていません。

むしろ殺気が漏れ出ています。

どうやらリベルが誘拐されたことに怒り心頭のようです。

気持ちは私も同じです。

なんといっても、大切な話の、いちばん大事なところで横槍(よこやり)を入れられたわけですからね。

考えていたら、だんだんムカムカしてきましたよ。

さっきは決着をつけると言いましたが、もうギッタンギッタンのボコボコにしてやりましょう。

フフフフフ……。

「フローラ、やばい気配が出てるぞ。カイが帰った後でよかったな」

おっと。

ついつい自制が外れてしまいました。

気を付けないといけませんね。

「ともあれ、まずはリベルが攫われた場所を突き止めるところからだな。精霊たちがおまえさんのことを心配しているみたいだし、この場はお開きにするか」

「そうですね。……リベルは、無事でしょうか」

「やっぱり、心配になるよな」

ご先祖さまは私を元気づけるように微笑むと、さらに言葉を続けます。

「安心しろ、アイツは最強の竜だ。そんな簡単にどうにかなるヤツじゃない。しかも、おまえさんとの大事な話の最中だったんだ。何があろうと生きてるさ」

確かにそうですよね。

リベルのことですから、むしろ攫われた先で大暴れくらいはしているかもしれません。

ほんのちょっとだけ気が楽になりました。

……あれ？

ちょっと待ってください。

「ご先祖さま、ひとついいですか」

「もちろん。何かあったか？」

「私とリベルが大切な話をしていたこと、どうして知ってるんですか」

「前にも言ったろ？　人界のできごとを魔法で把握できるようになった、ってな」

確かにそんな話もありましたね。

「もちろん、おまえさんがリベルとの約束をすっぽかして寝ていたのも知ってるぞ。できれば起こしてやりたかったんだが、人界に干渉する手段は限られてるからな……」

ご先祖さまは困ったように眉を寄せると苦笑します。

「こうなるんだったら手記に『寝坊には気をつけましょう』って書くべきだったかもな。ま、それは冗談として——おまえさん、リベルの気持ちにどう応えるつもりだったんだ？」

「えっと……」

「いや、これはオレが聞いていいことじゃないな。悪かった。じゃあ、おまえさんの精神を肉体に戻すぞ」

ご先祖さまはそう言って、右手の指をパチンと鳴らしました。

直後。

意識がフッと遠ざかりました。

＊　＊

「フローラさま、おいしい朝ごはんが待ってるよー。おきてー、おきてー」

ぷにぷに、ぷにぷに。

頬(ほお)にやわらかな感触を覚えつつ、私は眼を覚ましました。

視界にまず入ってきたのは、ネコ精霊……ミケーネさんの心配そうな顔つきです。

まるい瞳が不安そうに揺れています。

右手を伸ばし、その肉球で私の頬に触れていました。

だからぷにぷにしていたんですね……と寝起きの頭で納得していると、ミケーネさんが目を丸くして驚きの声を上げました。

「おきた！　フローラさまがおきた！」

「ええ、起きましたよ。おはようございます」

私はミケーネさんに微笑みかけると、ゆっくりと身を起こします。

ここは……私の部屋ですね。

「ミケーネさんたちが運んでくれたんですか」

「うん。ぼくとネコ精霊のみんなで、フローラ様を中庭から運んだよ。何があったか、覚えてるかな」

「もちろんです。説明した方がいいですか」

「ぼくは中庭でフローラ様とおうさまを見守っていたから、何が起こったかは知ってるよ。……間に合わなくて、ごめんね」

ミケーネさんは申し訳なさそうに瞼を伏せます。

両耳としっぽがしゅんと力なく垂れていました。

不謹慎かもしれませんが、なかなか可愛らしいです。

「いきなりのことでしたから、仕方ないですよ。気にしないでください」

私はそう告げながらミケーネさんの背中に手を置きます。

もふもふの毛並みは心地よく、油断すると何時間でも撫でてしまいそうです。

けれど、そんなことをしている場合ではありませんね。

リベルの行方を探さねばなりません。

幸い、今日は公式行事も入っていないので自由に動けます。

まずは何から始めましょうか。

「フローラさま、フローラさま」

私が思考に没頭していると、右袖をクイクイとミケーネさんが引いてきました。

「おうさまのことを考えてるのかな」

「もちろんです。どこに連れ去られたのか突き止めて、助けにいかないと」

「それなら、イズナさんと話すといいよ！　今から呼ぶね！　来て！」

「イズナ、参上しました」

早いですね⁉

ポン、と白い煙を上げてイズナさんが姿を現します。

「フローラ様が目を覚ましたとのことで、急いで駆け付けた次第です。お加減はいかがでしょうか」

「ちょっとビックリしてます」

なにせ、こんなにすぐイズナさんが来るとは思ってませんでしたからね。

他に付け加えるなら、軽度の倦怠感（けんたいかん）が残っている点でしょうか。

おそらく鎖の影響でしょう。

そのことをイズナさんに伝えると、こんな言葉が返ってきました。

「どうかご無理はなさらず。もうしばらく休んでいてはいかがでしょうか」

「お気遣いありがとうございます。でも、リベルのことがあるのに二度寝なんてできませんよ」

「……フローラ様はお強いですね」

「それを言うなら精霊の皆さんも同じですよ。ひとまず、現状について教えてもらっていいですか」

「承知しました。お聞きください」


イズナさんの話によると——

リベルが攫われたこと、そして私が意識を失ったことについて、精霊たちのあいだでは情報の共有がなされているようです。

「お父様やテラリス様にも伝わってますか？」

「もちろんです。グスタフ様、ライアス様、マリア様、テラリス様、ノア様の五名にはすでに状況の説明を済ませておきました。外部の者には一切漏れぬようにしておりますので、どうかご安心ください」

「ありがとうございます。皆の反応はいかがでしたか」

「突然のことに驚きつつも、意識を失ったフローラ様の身を案じていらっしゃいました。ネコ精霊たちを通じ、フローラ様が目覚めたことを皆様に連絡いたしましたので、皆様、いずれここにお集まりになるかと思います」

……などと話していると、早速、遠くから足音が聞こえてきます。

タタタタタタタタタタタッ！

なんだか激しいというか、足音の数が多いような……。

私が首を傾げていると、バン！　と勢いよくドアが開きました。

そうして部屋の中に飛び込んできたのは、お父様、ライアス兄様、マリア、テラリス様、ノア
――要するに、事情を知っている人全員でした。

ただ、五人が通るにはドアが狭すぎたため、出入口のところで大渋滞を起こしてぎゅうぎゅう詰めになってしまいました。

「フローラ、無事か……むぐ……」

「よかった。起きたんだな……うぐぐ」

「わたくしが来ましたわ！　せ、狭いですわ」

「やっほー、フローラちゃん。調子はどう？　わたしは、ぎゅうぎゅう詰めかな」

「つ、潰れちゃいそうです」

よく見ると、ライアス兄様はマリアを、テラリス様はノアを庇ってますね。

お父様は他の四人を圧迫しないように身体のバランスを取ろうとしていますが、そのせいで足がプルプルしています。

「ミケーネさん、イズナさん。救出作業をお願いします」

「はーい！　任せて！」

「承知いたしました。しばしお待ちください」

まあ、救出作業といっても、五人を廊下に押し出してもらってから、あらためて一人ずつ部屋に入り直してもらうだけなんですけどね。

そんな一幕を挟みつつ、全員集合となりました。

いえ、全員ではないですね。

リベルが欠けています。

「まさかリベル殿が攫われるとはな……」

お父様はいまだに信じられない、といった様子で呟きます。

「状況はすでにイズナ殿から聞いている。フローラを庇ってのことだった、と」

「はい。私の代わりに、リベルが……。テラリス様、ごめんなさい」

「フローラちゃんが謝ることじゃないよー。気にしないで」

テラリス様は優しげな笑みを浮かべると、ベッドに腰掛けたままの私をぎゅっと抱きしめてくれます。

「それより、フローラちゃんが無事でよかったよー。リベルちゃんなら大丈夫、わたしの子供だからねー。きっと牢屋の中でぐーすか寝てるって！」

「むしろ、自分を攫ったヤツをぶちのめしてる最中かもな。『最強の竜たる我を捕まえておけると思うな。身の程を知るがいい、《竜の息吹》、ぐおー』……って感じでな」

ライアス兄様はおどけた調子で両手を掲げました。

リベルのモノマネというには微妙なクオリティですが、私を元気づけようとしてくれているのでしょう。

その気遣いがとても嬉しくて、私はふっと微笑みを零(こぼ)していました。

「フローラ、無理はしていませんこと？」

ふと、声を掛けてきたのはマリアです。

「ここには身内しかいませんもの。リベル様が攫われて不安でしょうし、気持ちに蓋をしなくても構いませんわよ」

「ありがとうございます、マリア。私は大丈夫ですよ」

むしろ心配なのはノアですね。

兄であるリベルがいきなりいなくなってしまったのですから、かなり動揺しているのではないでしょうか。

様子を窺(うかが)うようにノアのほうに視線を向けると、ノアもこちらを見ていたらしく、お互いに眼(め)が合いました。

どう声を掛けたものかと迷っていると、ノアはニコリと笑って私に言いました。

「にいさんがいないあいだ、僕が代わりにフローラおねえさんを守ります。安心してください」

「ぼくもまもるよ！　ぼでぃーにゃーど！」

「それを言うならボディガードでしょう。もちろん、ワタシもお守りいたします」

ノアに続いてミケーネさんとイズナさんが声を上げました。

それだけではありません。

「ぼくもまもるー。しゃきーん」

ポン、と白い煙がはじけてタヌキさんがその場に姿を現しました。

木刀を右手に持っており、高く掲げるように構えています。

ゆるい外見こそそのままですが、不思議と頼もしそうな風格が漂っています。

タヌキさんは剣の達人（達狸(だぬき)？）でもあるので、その実力が自然と雰囲気に出ているのでしょう。

私がクスッと笑い声を漏らしていると、テラリス様がなぜか優しげな眼差(まなざ)しをこちらに向けていました。

「フローラちゃんは強い子だね」

「そうですか？」

「目の前でリベルちゃんが攫われちゃったんだもの。もっと取り乱してるかと思ってたけど、すごく落ち着いてるからねー。わたしのほうがビックリしちゃったよー」

私がこうして冷静でいられるのは、ご先祖さまのおかげですね。

ここで目を覚ます前に『隠れ家』で話を聞いてもらったことで、気持ちの整理もついています。

「それにしても、いったい誰がリベルを連れ去ったんだ？」

「ファールハウト、あるいはその配下の者でしょう」

ライアス兄様の疑問に答えたのはイズナさんです。

「現在、この世界は世界樹の結界に守られております。それを破れるだけの大きな力を持ち、なおかつ我々に害意を持つ存在と言えば、やはりファールハウトでしょう」

「わたしもイズナ殿の意見に賛成だ」

お父様が深く頷きます。

「ただ、ひとつ気になることがある。結局のところ、ファールハウトというのは何者だろうか。天災を引き起こせるほどの存在ということは、やはり神族か……？」

ファールハウトの正体については、私も気になっていたところです。

「テラリス様、何かご存じありませんか」

「うーん、ごめんね。わたしの知識にはないかなー」

でも、とテラリス様は言葉を続けます。

「知らないことを知らないまま放置するわたしじゃないよー。というわけで、神王のおじーちゃんに連絡して、調べてもらってるんだよねー」

「ありがとうございます。結果はどうでしょうか」

「まだ返事待ちかなー。他の神界にも訊いてくれているみたいだけど……」

そういえば神界ってひとつじゃないんですよね。

以前にリベルから聞いた話によると、まず高位神族の世界があって、その下にたくさんの神界が存在し、それぞれの神界が無数の人界を管理しているのだとか。

もしかしたら高位神族の世界だって複数あるかもしれませんね。

あまりにもスケールの大きな話なので、想像するだけで頭がクラクラしてきます。

「あっ」

んん？

突然、テラリス様が驚いたように声を上げました。

「もしもし？　おじーちゃん？　どしたの？」

いったいどうしたのでしょう。

テラリス様は天井を見上げて、一人で言葉を続けます。

「うん、うん、分かった。ありがとね、おじーちゃん」

誰かと喋っているようですが、相手は誰でしょう。

少なくともこの場にいる人ではなさそうです。

「さてさて、と」

どうやら会話が終わったようですね。

テラリス様は視線を私に戻すと、いたずらっぽい表情で問いかけてきます。

「はい、ここでクイズ！　わたしはいま、誰と話していたでしょー？」

なかなか難しいですね。

ただ、ヒントはあります。

テラリス様は相手のことを「おじーちゃん」と呼んでいました。

そこから考えられるのは……

「神王様ですか？」

「せいかーい！　よく分かったねー。はなまるをあげようー」

テラリス様は右手の人差し指を伸ばし、宙に花丸を描きました。

ぐるぐる、ぱっぱっぱっ。

そして、満面の笑みを浮かべて私に告げます。

「さっきも言ったけど、神王のおじーちゃんには色々と調べてもらってたの。いい感じに進展があったみたいで、ファールハウトのことだけじゃなくて、リベルちゃんがどこに連れて行かれたのかも分かりそうなんだって！」

「本当ですか⁉」

私は思わずベッドから立ち上がっていました。

自分を抑えきれず、つい、声も大きくなってしまいます。

「じゃあ、リベルを助けに行けるってことですよね⁉」

「そういうこと！　……ふふっ。フローラちゃん、嬉しそうだね」

「やっと表情が明るくなりましたわね」

マリアが苦笑しながら肩を竦めます。

「わたくしたちがここに来た時からずっと浮かない顔でしたから、心配してましたのよ」

おっと。

暗い様子は見せないようにしていたつもりなんですけどね。

「フローラ、あんまり溜め込むなよ」

ライアス兄様が気遣うように声を掛けてきます。

「我慢しすぎると、いつか爆発しちまうからな」

「大丈夫ですよ。爆発するにしても、ファールハウトに全部ぶつけちゃいますから」

私は、えいやっ、と右手で物を投げるようなジェスチャーをします。

「怒りのパワーで全部吹き飛ばして、リベルを助けちゃいますよ」

「フローラちゃん、元気だねー。じゃあ、今から一緒に神界に来てもらっていいかな？　神王のおじーちゃんがちょっと用事があるんだって」

「分かりました。すぐに伺います……って、ちょっと待ってください。神界ってそんな気軽に行けるんですか」

「行けるよー」

えっ。

驚く私をよそに、テラリス様はふふんと胸を張って言葉を続けます。

「わたしの神力もすっかり回復してるからねー。フローラちゃんを一緒に連れて行くのは楽勝だよー」

と、言うわけで――

突然ですが、神界へ向かうことになりました。

……マジですか。

第二章　神界に行きますよ！

テラリス様の話によると、神界へのゲートを開くには広い水場が必要だそうです。

というわけで――

「ビーワ湖に来てみたよー」

「テラリス様、誰に向かって言ってるんですか」

ツッコミはさておき、今、私はテラリス様と二人でビーワ湖のほとりに来ています。

移動手段は飛空艇……レッドブレイズ号ですね。

宮殿から全速力で移動してもらった結果、わずか五分で到着しています。

「とっても早かったねー。それじゃあ、神界にもパパッと行こっか！」

テラリス様は軽い調子で告げると、湖の方を向いて両手を大きく広げました。

「湖よ、我が意志に応えて神界に続く『道』を示せ。――《転移の門(トリップゲート)》」

詠唱とともにゴゴゴ……という轟音(ごうおん)があたりに響きました。

ゆっくりと湖が左右に割れ、湖底の地面が露(あら)わになります。

その中心部から光の柱が天空に向かって立ち上りました。

以前、神界でも同じようなものを見たことがあります。

あの時は人界に戻るためのゲートでしたね。

今回はその逆、神界に向かうためのものです。

「よーし、うまくいったねー」

テラリス様がニパッと明るい笑みを浮かべてこちらを振り向きました。

「あの光の柱に入れば、神界にワープできるよー。フローラちゃん、準備はいいかな？」

「精霊って連れて行っても大丈夫ですか」

「一〇〇匹とか二〇〇匹じゃなければオッケーだよー」

さすがにそんな大勢で行くつもりはありませんよ。

ただ、現地でトラブルが起こるかもしれませんし、護衛も必要でしょう。

私は少し考えてからこう言いました。

「ミケーネさん、ローゼクリス、来てください」

「はーい！　ぼくだよ！」

「いよいよボクの出番だね」

白い煙がポン、ポンと弾けます。

そうして姿を現したのは、ネコ精霊のミケーネさんと聖杖ローゼクリスでした。

「私たちと一緒に神界に来てもらっていいですか」

「もちろん！　プチ旅行だね！」

「何かあったらボクたちが守るよ。安心してね、おねえちゃん」

というわけで、ローゼクリスを右手に握り、ミケーネさんを頭に乗せて、準備完了です。

……ん？

ミケーネさんを頭に乗せる必要はあんまりないような。

「わーい！　視線が高いよ！」

まあ、可愛いのでヨシ！　としましょうか。

私はテラリス様と共に、湖水が左右に割れたビーワ湖の底を歩いていきます。

やがて中心部に辿り着きました。

天空に向かって伸びる光の柱へと足を踏み入れると、フワッと身体が浮き上がるような感覚がありました。

視界が真っ白に染まります。

「そのままジッとしててねー。すぐに神界に着くよー」

すぐ横でテラリス様の声が聞こえました。

やがて浮遊感が消え、足元に地面を踏みしめる感覚が戻ってきます。

視界もはっきりしてきました。

気が付くと、私は見晴らしのいい山の上に立っていました。

眼下には草原が広がり、その向こうには天に届くほどの巨大な樹木が枝葉を伸ばしています。

世界樹かと思いましたけど、たぶん違いますね。

「おっ、神樹が見えるねー。神界に無事到着、ってところかなー」

隣ではテラリス様が身を乗り出すようにして遠くを眺めていました。

「神樹と世界樹、そっくりさんだね！」

「世界樹を生み出した時、フローラおねえちゃんが神樹のことを無意識にイメージしたんじゃないかな。だから見た目が似ているんだろうね」

私の頭上でミケーネさんが、右手でローゼクリスがそれぞれ声を上げました。

全員、ちゃんと揃(そろ)っていますね。

「あれ？　フローラちゃん、そんなペンダント付けてた？」

えっ。

何のことでしょうか。

私は不思議に思いつつ、左手を首のあたりに持っていきます。

……ん？

固いものが指先に当たりました。

持ち上げて視界に入れると、それは葉っぱの形を模した緑色のクリスタルでした。

葉っぱの付け根にあたる部分には銀のチェーンが通されています。

可愛(かわい)らしいアクセサリですが、私の持ち物ではないですね。

うーん。

いつ、誰が、私の首に掛けたのでしょうか。

疑問に感じていると、葉っぱのクリスタルがブルブルと震え、男性の声が聞こえました。

『あー、あー。分かるか？　オレだよ、オレオレ』

「ハルトくん⁉」

驚いたように声を上げたのはテラリス様です。

「えっ、嘘(うそ)でしょ⁉　キミ、もうずっと昔に死んじゃったはずじゃ……」

『このメッセージは録音だから、受け答えはできない。たぶんテスがびっくりしているだろうから、説明はフローラに任せた！』

えええええっ。

いきなり丸投げされましたよ⁉

ちなみにテスというのはテラリス様の略称ですね。

いえ、愛称というべきでしょうか。

使っているのはご先祖さまだけなんですけどね。

会話の端々から推測するに、この二人はかなり親しかったようです。

『とりあえず要点だけ話すぞ。おまえさんが神界に行くみたいだったから、横から細工をさせてもらった』

私が考え事をしているあいだにも、ご先祖さまの話は続きます。

『神界に着いた時、このクリスタルはおまえさんの首に掛かってるはずだ。オシャレな形だろ？　でも、それだけじゃない。カイに頼んで神力を込めてもらっている。強く握って詠唱すれば、神力がおまえさんの身体に流れこむ。要するに神様モードになれるってことだ』

そんな言葉とともに、私の頭の中に呪文が浮かびました。

――《神化(テオーシス)》。

これがキーワードになって、クリスタルに込められた神力が解放されるみたいですね。

『ただ、クリスタルは一回きりの使い捨てだ。使いどころはよく考えろよ。それじゃあ、テスによろしく』

ほどなくしてクリスタルの震えが止まり、声も聞こえなくなりました。

要するに、私が神界へ繋(つな)がるゲートを通っている時、ご先祖さまがヒョイと『神様モードになれるクリスタル』を渡してくれた……ということなのでしょう。

人界にいれば世界樹からいつでも神力を受け取ることができますが、さすがに神界までは届きませんからね。

さて、私のことはさておき――

視線を隣に向けると、テラリス様は私の首元に掛かっているクリスタルを見つめたまま、目を丸くして固まっていました。

ご先祖さまの声が聞こえてきたことに大きな衝撃を受けているようです。

まあ、そうですよね。

テラリス様にしてみれば、死んだはずの親しい相手が生きていたかもしれない、なんて事態なんですから。

ここはひとつ、私がきちんと説明しておきましょう。

ご先祖さまからも丸投げされちゃいましたからね。

かくかくしかじか。

「……なるほどね」

私が『隠れ家』のことや、そこにいるご先祖さまの残留思念について説明すると、テラリス様は考え込むような表情を浮かべながら頷きました。

「感情として納得できたかどうかはさておき、理解はできたよー。ハルトくんって確かに心配性の世話焼きさんだったからねー。ずっと未来の子孫を手助けするために自分のコピーを残しておくって、いかにもカレがやりそうなことではあるんだよねー」

「さすがテラリス様、ご先祖さまのことを理解されてるんですね」

「当たり前だよ、わたしがハルトくんをこの世界に連れてきたんだもの……って言いたいんだけど、ぜんぜんだよ。理解できてなかったね」

私の言葉に、テラリス様はちょっと寂しそうに俯きます。

「だってカレが『隠れ家』なんてものを作っていたことも、残留思念がそこにいたことも、ぜんぜん予想できてなかったもの。――わたしにだけは教えてくれてもよかったのに」

「教えちゃったら、ご先祖さまのところに入り浸ってたんじゃないですか」

「そんなことは……あるかも。うん、あるね」

うんうん、とテラリス様はひとりで頷きます。

「ハルトくんがわたしに何も言わなかったのは、きっとそういうことなんだろうね。……ありがと、フローラちゃん。ちょっと気が楽になったかな」

ふう。

テラリス様、途中でかなり落ち込んでましたけど、なんとか持ち直したみたいですね。

うまくフォローできてよかったです。

ただ、実際のところ——

どうしてご先祖さまは『隠れ家』や残留思念のことをテラリス様に伝えなかったのでしょう。

テラリス様が入り浸ってたかもしれないから、というのはあくまで推測のひとつです。

本当の理由は分かりませんし、いずれ本人の口から説明してあげてほしいところです。

テラリス様は「気が楽になった」と言いましたが、一時的なものでしょうからね。

結局のところ、当事者同士で話し合うことが最大の解決策だと思います。

＊　＊

ご先祖さまのことはさておき、私は神様モードになれるクリスタルを手に入れました。

とはいえ、クリスタルが必要になるような事件なんてそうそう起こるものじゃないと思いますけどね。

「フローラさま、大変だよ！」

私の頭に乗ったままのミケーネさんが、驚いたように声を上げました。

「神樹がまた呪われてる！　黒い霧が出てるよ！」

えええええええっ。

私はいきなりのことに戸惑いつつ、視線を神樹に向けます。

状況はというと、まさにミケーネさんの言葉どおりでした。

どこからともなく現れた黒い霧が、だんだんと神樹を覆いつつあります。

「……まずいね」

深刻な声で呟いたのはローゼクリスです。

「前回の呪いよりも強力なものだよ。たぶん、神界にいる神族全員がすでに影響を受け始めているんじゃないかな」

「……そう、だね」

苦しげに呟いたのは、テラリス様です。

その場に立っていることさえできず、地面に右膝を突いていました。

顔色も悪く、額には汗が浮かんでいます。

「うぐ……。こんな急に調子が悪くなるなんて、かなり危険な呪いだね……。フローラちゃんは無事そうだね、よかった」

「フローラさまは人族だからだね」

そう言ったのはミケーネさんで、テラリス様と違っていつもと変わらない様子です。

「精霊には影響ありませんか」

「今のところはまだ大丈夫だね」

私の疑問に答えてくれたのはローゼクリスです。

「ただ、放っておいたら被害は広がっていくだろうね。早く浄化しないと」

「《ハイクリアランス》でいけますか」

「ちょっとパワーが足りないね。でも、おねえちゃんが神族になれば魔法の出力も上がるし、たぶん大丈夫だよ」

「ご先祖さまからもらったクリスタルの使いどころですね」

まさか、こんなに早くに役立つタイミングがやってくるなんてビックリです。

……あれ？

「神様モードになっちゃったら、私も呪いの影響でグッタリしませんか」

「だいじょうぶ。おねえちゃんには高位神族の血が流れているから、それが呪いを弾いてくれるはずだよ」

だったら安心ですね。

私は頷いて、左手で首元のクリスタルを握ります。

「――《神化（テオーシス）》」

呪文を唱えた直後、クリスタルを中心にして閃光（せんこう）が弾けました。

まず最初に首元が温かくなり、そこを中心として熱がじんわりと広がっていきます。

頭、胸、腹、手足――。

推測になりますが、きっとこの熱こそが神力なのでしょう。

全身がポカポカと温かくなったところで、閃光がフッと消えました。

「おねえちゃん、神族になれたみたいだね」

「フローラさま！　背中に翼があるよ！」

どうやらうまくいったようですね。

肩の付け根に視線を向ければ、ミケーネさんの言っていた通り、そこから一対の白い翼が生えています。

神族の証（あかし）である神翼（しんよく）ですね。

これで準備完了です。

全身に力が満ちていて、今ならどんなことでもできそうです。

「……フローラちゃん、神族になるのも慣れてきたみたいだね」

テラリス様が弱々しい笑顔を浮かべつつ、そんなふうに褒めてくれます。

「わたしはここから動けそうにないかな……。何もできなくて申し訳ないけど、神樹のこと、よろしくね」

「ええ、任せてください。大急ぎで片付けてきますから」

私は頷くと、視線を神樹に向けます。

黒い霧はものすごい勢いで広がっており、すでに枝葉の半分ほどを覆い隠しています。

「ローゼクリス、行きましょう」

「ボクはいつでも大丈夫だよ、おねえちゃん。今回は天照（てんしょう）の冠がないし、翼の制御はミケーネさんに任せるね」

「ふふん！　ぼく、頑張るよ！」

私の頭の上で、ミケーネさんが元気に声を上げました。

それに連動するように、私の背中で神翼がパタパタパタパタと力強く羽搏（はばた）きます。

ふわり、と。

ゆるやかな浮遊感と共に、私の両足が地面を離れます。

翼の制御に問題はなさそうです。

「ミケーネさん、そんなこともできたんですね……！」

「えへん！　いまのぼくはすごいよ！　ネコ精霊じゃなくて、ネコ神様だぞ。ふふーん！」

「おねえちゃんとの契約のおかげで、神力の影響がミケーネさんにも及んでいるんだ」

ミケーネさんの言葉を補うように、ローゼクリスが教えてくれます。

「要するに、すごくパワーアップしているってことだよ」

「精霊から神族に進化したんですか」

「ううん。それはミケーネさんが適当に言ってるだけだね」

おっと。

私と一緒にミケーネさんも神様モードになったのかと思ったら、別にそういうわけじゃないんですね。

……などと考えているあいだに、私の身体は空高く舞い上がっていました。

「ぜんそくぜんしーん！　びゅーん！」

ミケーネさんが高らかに宣言すると同時に、神翼が力強く羽搏きました。

スピードはかなりのもので、下に視線を向けると景色がビュンビュンと流れていきます。

風が気持ちいいですね。

緊急事態でなければ空中散歩を楽しみたいところです。

ほどなくして、私は神樹のすぐ近くに辿り着きました。

黒い霧は現在も広がり続け、神樹だけでなく周辺の空を埋め尽くそうとしています。

このまま放っておくと大変なことになりそうですね……。

私は肌がひりつくような感覚を覚えつつ、グッと右手のローゼクリスを握ります。

「浄化できるでしょうか」

「おねえちゃんができると思えば、絶対にできるよ。自分を信じて」

ローゼクリスの言葉は、もしかすると「よくある気休めのアドバイス」に聞こえるかもしれません。

ですが、神族というのは、自分の中でさえ理屈が通っていれば、絶対にありえないことでも引き起こせる存在です。

もちろん限界はあるわけですが、とにかく気持ちが大事ということですね。

私は瞼を閉じます。

まずは深呼吸をしましょうか。

すぅ。

はぁ。

……よし。

「うん。おねえちゃん、いい感じに集中できてるね。ボクも頑張るよ。呪文を伝えるから、その通りに唱えてね」

私は口を真一文字に閉じたまま、ローゼクリスの言葉に頷きます。

直後、頭の中に呪文が流れ込んできました。

これを唱えればいいんですね。

私は神力を練り上げながら、ローゼクリスを高く掲げます。

「遥か遠き地より来たりてあらゆる邪悪を祓え。導く光、照らす光、聖なる光。――《ハイクリアランス・オーバーレイ》！」

それは以前、ノーザリア大陸のあちこちで瘴気が出現した時にも使った浄化魔法です。

《ハイクリアランス》を神力で強化したもので、これまでの何十倍もの効果があります。

これならきっと呪いも消し去れる……はず。

魔法が発動し、空が眩い輝きに覆われました。

清浄な光が降り注ぎ、神樹を包む黒い霧を徐々に薄れさせていきます。

けれど、ちょっと勢いが足りないような……？

「まずいね」

ローゼクリスが困ったような声色で呟きます。

「呪いが神樹のパワーを吸い取って、どんどん強力なものに進化しているみたい。消し去るのは無理かもしれないよ」

実際、《ハイクリアランス・オーバーレイ》の光はだんだん弱まりつつある一方で、呪いの霧は再び広がり始めていました。

まさか浄化しきれないなんて、いったいどうすればいいのでしょう。

いいえ、途方に暮れている場合ではないですね。

弱気な自分を頭の中でポーンと蹴り飛ばすと、私は再びローゼクリスを掲げます。

「一回でダメなら二回、二回でダメなら三回です！　まだまだ行きますよ！」

「うん。それでこそおねえちゃんだね！　何回でも、何十回でも付き合うよ」

「ここはぼくの出番だね！」

頭の上で、ミケーネさんがいきなり声を上げました。

何かいい考えがあるのでしょうか。

「フローラさま、今度はぼくも浄化魔法を使うよ！　呪文がちょっと長くなるけど、一緒に唱えてね！」

「ミケーネさん、浄化魔法なんて使えるんですか」

「いまのぼくはネコ神様だよ！　なんでもできちゃうぞ！　ふふん！」

やたらと頼もしい調子でミケーネさんが言い切ります。

本当に大丈夫でしょうか。

いえ、ここは信じてみましょう。

神族に大切なのは「できる」という思いですからね。

私、ミケーネさん、ローゼクリス……皆の力を合わせれば、絶対に不可能なんてありません。

どんなことであろうと成し遂げられる。

私の中ではそういうことになりました。

異論は認めませんよ。

「私はいつでもいいですよ。呪文を教えてください」

「うん！　これだよ！」

ミケーネさんの返事とともに、言葉が頭の中に浮かんできます。

「今回はボクもおねえちゃんと一緒に詠唱するね」

ローゼクリスの言葉に私は頷(うなず)きます。

確かに、皆の力を合わせるのなら、全員揃(そろ)って呪文を唱えた方がよさそうですね。

それでは、せーの。

「遥か遠き天(そら)より来たりてあらゆる邪悪を祓除(ばつじょ)せよ。導く星光、照らす月光、聖なる陽光。――

《ハイパークリアランス・ビヨンド》！」

そうして発動した魔法は、先程よりもずっと強力なものでした。

私たちを中心にして白銀の閃光がパァッと広がり、呪いの霧をどんどん消し去っていきます。

さすがハイじゃなくハイパーといったところでしょうか。

やがて霧を完全に浄化すると、天空からまるで祝福のようにキラキラとした光の粒子が降り注ぎました。

「わぁ……」

「すごい……」

私とミケーネさんは、ほぼ同時に感嘆の声を漏らしていました。

光の粒子が降り注ぐ幻想的な光景に見惚(みと)れていると、やがて、ちょっと遠慮がちにローゼクリスが呟きました。

「この光にも浄化の力があるみたいだね。しばらくのあいだ効果は残るみたいだし、ファールハウトもそう簡単に手出しできないはずだよ」

「しばらくって、どれくらいですか」

「一〇日くらいかな」

意外に長いですね！

てっきり数時間とか、せいぜい半日くらいかと思っていました。

私が内心でビックリしていると、頭上に乗ったままのミケーネさんが両手の肉球で私の頬(ほお)をプニプニとしてきました。

柔らかくてなかなかいい気持ちです。

「ミケーネさん、急にどうしたんですか。マッサージですか」

「ううん！　緊急事態だよ！　さっきの魔法で、神力をほとんど使いきっちゃったみたい！　このままだと神様モードが解けて、地面に落ちちゃうかも！」

マジですか。

呪いの霧を消し去って一安心と思ったら、まさかの急展開です。

ミケーネさんの言葉を裏付けるように、私の身体は少しずつ落下を始めていました。

まずいですね。

「ミケーネさん、ゆっくり着地できませんか」

「ダメかも！　翼もあんまり動かなくなってきたよ！」

だったら、別の手段を考える必要がありますね。

翼にあまり頼らずに着地する手段はないでしょうか。

……そうだ！

「ローゼクリス、魔法で風を起こせますか。背後から前に向かって、追い風を吹かせてください」

「分かった。それくらいなら簡単だよ」

「ミケーネさん。風に乗って、滑空しながら高度を下げられますか」

「うん、だいじょうぶ！　楽勝だよ、まかせて！」

私たちは神樹の周りを旋回するようにして、ゆるやかに高度を下げて地面に降り立ちました。

ふう。

「無事に着地できましたね。ありがとうございます、ミケーネさん」

「ふふん！　ぼく、頑張ったよ！」

「ローゼクリスもお疲れさまです。風のコントロール、大変でしたよね」

「これくらいは簡単だよ。おねえちゃん、ケガはない？」

「大丈夫です。ピンピンしてます」

私はローゼクリスの言葉に答えつつ、周囲を見回します。

ここは神樹の根元に近い場所です。

ちょっと離れたところには黄金に輝く豪奢な建物が並んでいます。

あれは……オード宮殿ですね。

神樹を囲むように作られた、神族たちの住まいです。

以前、私が滞在させてもらったタカマ離宮もどこかにあるのでしょう。

「フローラちゃぁぁぁぁぁぁぁん！」

突然、背後から私を呼ぶ声がしました。

すぐに声のほうを振り向きましたが、誰もいません。

「フローラさま、上だよ！」

ミケーネさんに言われて視線を上に向けると、背中から神翼を生やしたテラリス様がものすごい勢いで飛んでくるのが見えました。

「さっきの魔法、すごかったね！　まさに神業って感じだったよ！　さっすがー！　このこのー」

テラリス様はトンッと軽やかに着地すると、わしゃわしゃと豪快な手つきで私の頭を撫でてきます。

ちなみに私の頭に乗っていたミケーネさんは、テラリス様の手が伸びてくる直前にひらりと地面に飛び降りています。

「テラリスさま、元気になってよかったね！」

「フローラちゃんのおかげだよー。神樹の呪いを解くのもこれで二回目だっけ。まさに神界の英雄だねー」

「それは過大評価ですよ。今回、上手くいったのはミケーネさんやローゼクリスが力を貸してくれたおかげです」

「じゃあ、ぼくはネコ英雄！　えへーん」

「ボクは杖英雄かな？　なんてね」

その流れだと、私は人英雄ということになるのでしょうか。

ちょっと語呂が悪いですね。

雑談はさておき、神族の皆さんは無事でしょうか。

……などと考えていると、遠くから声が聞こえました。

「やはりフローラ様だ！　フローラ様が助けに来てくださったぞ！」

んん？

声はオード宮殿の方から聞こえました。

そちらを見れば、ゆったりとした衣服を身にまとった人々、いえ、神族の方々がこちらに走ってきます。

衣服はテラリス様が着ているものと同じく、ゆったりとしたデザインとなっています。

私はあっというまに神族の皆さんに取り囲まれ、歓迎、称賛、そして感謝の言葉を山のように受け取ることになりました。

「フローラ様、ありがとうございます！　貴女様は命の恩神です！」

「一度ならず二度までも神界の危機を救っていただけるなんて……！」

「高位神様の慈悲深さにはただ感謝するばかりです。ありがたや、ありがたや……」

神族の中には私に向かって跪き、両手を組んで拝んでくる方もいます。

どうしてそんなことになっているのかといえば、原因は、以前に神界を訪れた時の出来事にあります。

長々と語るのも大変なので簡単に述べると、いくつもの誤解が重なり、神族の皆さんは私のことを「人族のフリをして下界を視察している高位神族」と勘違いしてしまったのです。

「……私、ただの人族なんですけどね」

「フローラちゃん、最近はちょくちょく神族になってるし、身体に高位神族の血も流れているんだから、それで『ただの人族』って言い張るのは無理があるんじゃない？」

私の呟きに対して、横にいるテラリス様が苦笑交じりにツッコミを入れました。


ところで——

今回、私たちは情報収集のために神界へとやってきたわけです。

ファールハウトとは何者なのか。

リベルがいったいどこに連れ去られたのか。

神王様がそれを教えてくれるそうですが、いったいどこにいるのでしょう。

……などと考えつつ、神族の方々からお礼を言われたり拝まれたりしていると、やがて緑色の長い髪をした女性がオード宮殿からこちらにやってきました。

「フローラさん、お久しぶりです！　ミラです、覚えてますか？」

「ええ、もちろんですよ」

私、記憶力には自信がありますからね。

彼女はミラさん、以前、神界の村……カルミ村で出会った神族の女性です。

以前の事件において彼女はファールハウトの部下であるジュダスに脅迫され、内通を強いられていましたが、現在は自由の身となっています。

「フローラさん、神王様がお話ししたいことがあるそうです。オード宮殿にお越しいただいてもよろしいでしょうか」

私はすぐに頷きました。

＊＊

ミラさんに連れられ、私たちはオード宮殿の中に足を踏み入れました。

ステンドグラスから差し込む光にポカポカと照らされつつ、赤い絨毯（じゅうたん）が敷かれた廊下を歩きます。

「久しぶりにオード宮殿に戻ってきたけど、ここはやっぱり落ち着くねー。絨毯もフカフカだし、寝転がりたくなるよー」

「テラリス様、そんなことしちゃダメですよ」

「分かってるって！　じょーだん、じょーだん」

「ぼくはねこだから、寝転がってもいいんだよ！　ごろごろごろ！」

ミケーネさんは突然そんなことを言い出すと、ものすごい勢いで絨毯の上を転がり始めました。

そしてそのまま、曲がり角の壁にぽふんとぶつかってしまいます。

「ぶつかっちゃった！」

「ミケーネさん、大丈夫ですか」

「うん、元気だよ！　ぺかー！」

ミケーネさんは立ち上がると、謎の掛け声とともに両手を大きく上げました。

無事であることをアピールしているようです。

なかなか可愛（かわい）らしいポーズですね。

私が思わず笑みを零していると、隣を歩いているミラさんが声を掛けてきます。

「フローラさんが元気そうで安心しました。……人界で大変なことが起こった、と神王様から聞いています。詳しいことは分かりませんが、ご無理はなさらないでくださいね」

「ありがとうございます、ミラさん。私はピンピンしてますよ。ぺかー」

私はミケーネさんのマネをして、両手を大きく上げます。

「じゃあわたしも！　ぺかー！」

なぜかテラリス様も後に続きました。

その様子にミラさんは苦笑しつつ、さらに言葉を続けます。

「ジュダスを討伐してくださったことへのお礼もまだ済んでいませんし、何か必要なことがあれば遠慮なく仰ってくださいね。わたし、フローラさんのためなら何でもやりますから。えっと、ぺかー？」

ミラさんまでも両手を上げました。

ただ、どうにも照れがあるらしく、腕の動きはやや控えめなものとなっています。

「ご、ごめんなさい。わたし、こんなことしても似合いませんよね」

「そんなことないですよ」

私は笑って首を横に振ります。

「ミラさん、可愛かったですよ」

「だねー。ミラちゃん、もっと自信をもちなよー」

「きょ、恐縮です……！」

ミラさんはあわあわと視線を彷徨(さまよ)わせると、肩を縮めて小さくなってしまいました。

こちらの言葉のひとつひとつに反応してくれるので、ちょっと楽しいです。

……リベルが私と話している時も、こんな気持ちだったのでしょうか。

彼、いつも私の反応を見てはニヤリと笑ってましたからね。

そんなことを考えていると、テラリス様が左肘でつんつんと私の脇腹を突いてきます。

「フローラちゃん、いま、リベルちゃんのことを考えてたでしょ」

「どうして分かったんですか」

「乙女の顔をしていたから、みたいな？」

それ、答えになってませんよね。


ほどなくして私たちは貴賓室のような場所に通されました。

室内には黒塗りのテーブルを挟むようにして、幅の広い赤色のソファが二つ置かれています。

「フローラさんとミケーネさん、テラリス様をお連れしました。では、失礼します！」

ミラさんは私たちの案内を終えると、一礼して部屋から出ていきます。

「フローラ様、よくお越しくださいました。わざわざ歩かせてしまって、誠に申し訳ありませぬ」

ソファには神王様が既に座っていました。

白髪で白髭(しらひげ)、シワの多い顔という外見はニホンゴで言うところの「センニン(仙人)」によく似ています。

表情はニコニコと優しげな様子なのですが、全体として憔悴しているような雰囲気が漂っています。

以前にお会いした時に比べて頬がこけているようにも思えます。

ちょっと心配ですね……。

「フローラ様、どうしましたかな」

「儂の顔に何か付いておりますか」

私の視線に気づいたらしく、神王様が声を掛けてきます。

「いえ、そういうわけじゃないんです。神王様、顔色が悪いみたいですけど大丈夫ですか」

「ご心配ありがとうございます。ご存じの通り、神樹に異常が起これば、神界にいる神族たちはみな調子を崩してしまうのです。他の者たちはすぐに回復したようですが、儂は見ての通りの老体ですからな。どうにも立ち直りが遅いのです」

「おじーちゃん、もう五万年以上も生きてるもんねー。あんまり無理しちゃだめだよー」

テラリス様がいたわるように神王様に声を掛けます。

というか、五万年⁉

ものすごい長生きですね……。

さすが神族というかなんというか、人族とのスケールの違いにはビックリさせられます。

「儂のことはともかく、フローラ様、神界にお越しくださりありがとうございます。しかも、神樹の危機まで救っていただいて、誠に感謝しております」

神王様はそう言って深く頭を下げます。

「おそらく、今回の呪いはファールハウトによるものでしょう。本格的に行動を始める前に、我々神族を叩き潰すつもりだったのかと。フローラ様が来てくださったのは幸運でした。おかげで被害は出ておりません」

「みんなげんき！　はっぴーえんどだね！」

ミケーネさんが私の足元で元気よく声を上げました。

でも、まだハッピーエンドとは言えないんですよね。

リベルは連れ去られたままですから。

神王様が色々と情報を掴んでいるみたいですし、それを聞くところから始めましょう。

私たちはソファに腰掛けると、神王様の話に耳を傾けます。

「さて、どこから話したものでしょうか。テラリスからファールハウトのことを聞きまして、儂のほうで高位神界に問い合わせてみたのです」

「おじーちゃん、そんなことできるの？」

「年老いたとはいえ、儂は神族の王じゃからな」

テラリス様に対して、神王様はちょっとだけ砕けた口調で答えました。

「回数は限られておるが、必要ならば高位神族の方々からお告げをいただくことができるのじゃ。……このことは以前にも教えたはずじゃがのう」

「あれ？　そうだっけ？」

テラリス様は首を傾げます。

「ごめんね、忘れちゃってたかも」

「まあよい」

神王様は苦笑すると、私の方に視線を戻します。

「話が逸れてしまって申し訳ございません。結論から申しますと、高位神界から儂のもとにお告げがありまして、ファールハウトのことがいくつか分かったのです。それをフローラ様にお伝えいたします」

そうして教えてもらった内容は、かなり抽象的で複雑な内容でした。

頑張って頭を働かせながら聞いてみましたが、理解がなかなか難しいです。

神王様の話を、私なりの言葉でまとめるなら――

「要するに、ファールハウトは『世界を滅ぼすことそのものが目的の存在』ってことですか」

「はい、その理解で間違いありません」

神王様は頷くと、さらにこう続けます。

「高位神界からのお告げによれば、ファールハウトのような存在は数億年の周期で自然発生するそうです。それは生まれた時から『ひとつでも多くの世界を滅ぼすこと』を目的として動き、数千、多ければ数万もの神界や人界を滅亡に追い込み、最終的には自然消滅に至る、と」

「暴れるだけ暴れていなくなるって、なんだか台風に似てますね」

「台風ですか。それは分かりやすい譬えですな。今度から儂も使わせてもらいましょう」

「どうぞどうぞ。ただ、台風は一〇日もせずに消えちゃいますけど、ファールハウトは違うんですよね」

「自然消滅までは最短でも五〇〇〇年ほど、長ければ数万年と聞いております。……今日明日のうちにファールハウトが消え去る可能性はないと考えてよいでしょう。我々がこうしているあいだにも、あやつはこの神界やフローラ様の住む世界を滅ぼすための準備を進めているに違いありません」

「実際、神樹に呪いをかけてきたもんねー」

「儂の推測ですが、ファールハウトとしては自分の情報をフローラ様に渡したくなかったのでしょうな」

「けど、フローラちゃんがナイスタイミングで神界に来てくれたおかげで、被害ゼロ、こうしてファールハウトのことも色々聞けちゃってるわけだねー」

テラリス様はニコッと私に笑いかけると、さらに言葉を続けます。

「でも、フローラちゃんがいちばん知りたいのはファールハウトのことじゃなくって、リベルちゃんがどこに連れ去られたかだと思うんだよねー。そうでしょ？」

「ええ、まあ」

私はちょっと遠慮がちに頷きます。

「でも、ファールハウトのことを何も知らないままリベルの救出に向かうのは危険すぎますし、ここまでの話はすごく重要だと思っています」

「そう仰っていただけるなら、儂としてもお伝えした甲斐（かい）がありますわい。とはいえ、フローラ様がリベル殿のことを心配なさっていることは十分に承知しております。そろそろ本題に入りますかの」

神王様はそう言ってソファに座り直します。

「ジュダスのことは覚えていらっしゃいますか」

「ファールハウトに手を貸していた神族ですよね」

「はい。あやつはいくつもの世界を生み出してはロクに管理もせずに放置し、気に入らないことがあると天災を起こして多くの命を奪っていたのですが、そうして何もかもが死に絶えた世界のひとつをファールハウトは本拠地にしているようです」

「じゃあ、そこにリベルが――」

「リベルちゃんがいるってこと⁉」

私が言い終えるより先に、テラリス様が声を上げていました。

さらにはソファから立ち上がり、神王様に向かってまくしたてます。

「どこの世界？　もう分かってる？　普通に行ける場所なの？」

「テラリス様、落ち着いてください。神王様が困っちゃってますよ」

「あっ……。おじーちゃん、ごめんね」

「構わん、構わん。テラリス、おまえもリベル殿のことを心配しておるのじゃのう」

それは私も思いました。

テラリス様は朝からずっと普段通りの明るい態度でしたが、内心では不安でいっぱいなのかもしれません。

「まあ、ね」

テラリス様はソファに座り直すと、ばつが悪そうに呟きます。

「自分の子供が攫われちゃったんだもの。そりゃ、わたしだって冷静じゃいられないよー。けど、たぶんフローラちゃんのほうがもっと辛いんじゃないかなー、って」

「私、ですか」

まさか話題の矛先がこちらに向くとは思っていなかったので、一瞬、戸惑ってしまいます。

「フローラちゃんって、自分の気持ちにかなり鈍感なところがあるでしょ？　自覚してないだけで、けっこう追い詰められてるんじゃないかな、って思うんだよね」

「私は大丈夫ですよ。敢えて言うなら、辛いというか、テラリス様には申し訳ないと思ってます」

「どうして？」

「だって」

私は一瞬だけ、そこで言葉に詰まってしまいました。

頭の中にはリベルが連れ去られた時のことが蘇ります。

「私が寝坊していなければ、もっと早い時間にリベルと会えていました。私が寝坊したせいで、リベルと話すのが夜明け前になって、彼を巻き込んでしまったんです」

あの鎖は最初、私のことを狙っていました。

リベルはたまたま現場に居合わせた結果、私を庇って連れ去られてしまいました。

約束通りに彼と会ってさえいれば、こんな結果にはならなかったのです。

「テラリス様、ごめんなさい。リベルが誘拐されたのは、私のせいなんです」

「そんなことないよ……なんて言っても、あんまり意味はないかな」

テラリス様はこちらを慈しむように眺めると、右手を伸ばし、私の頬にゆっくりと触れました。

「フローラちゃんは賢いから、たぶん、他の人がどんなふうに慰めの言葉を掛けてくるのか予想できちゃってるよね。『悪いのはファールハウトであって、フローラちゃんじゃないんだよ』とか、『相手の狙いはフローラちゃんだったから、もしフローラちゃんが一人でいるところを攫われていたら今よりも悪い状況になっていたかもしれないよ』とか」

「……はい」

私は小さく頷きました。

リベルを連れ去られてしまったことへの罪悪感は、ずっと心の底に残っていました。

「きっと、フローラちゃんは無意識のうちにこう考えていたんじゃないかな。――自分の気持ちを口に出しちゃったら、周囲に慰められてしまう。だから何も言わない。言えない。どうかな？」

「……かもしれません」

先程、テラリス様は私のことを『自分の気持ちに鈍感』と言いました。

認めるのはちょっと悔しいですが、確かにそうですね……。

私としては、リベルが攫われてしまったことについて、心の整理はついているつもりでした。

罪悪感はあるけれど、自分を責めてもどうにもならない。

周囲に気を使わせてしまうだけ。

そんなことをしている暇があったら、リベルを助けるために力を尽くすべき。

以上、終わり！

……のはずだったんですけどね。

実際には、リベルが連れ去られたことへの後悔を消化できないまま、心の奥底にしまいこんでいただけだったみたいです。

テラリス様と話していて、はっきりと分かりました。

そのことを言葉にして伝えようと思ったのですが、困ったことに声が出ません。

胸の中からこみあげてくるものに圧迫されて、喉が詰まるような感覚がありました。

なぜか、眼(め)のあたりが熱いような……。

「ごめんね、フローラちゃん。泣かせちゃったね」

え？

私は驚きながら右手を自分の目元に持っていきます。

温度の籠った、雫(しずく)の感触。

——その時になって初めて、私は自分が泣いていることに気付きました。

「えっ。あれ？　私、どうして……」

「フローラちゃん、やっぱり無理してたんだね」

テラリス様はふっと優しい笑みを浮かべると、両手を広げ、私を胸元に抱き寄せます。

「抱えてるもの、吐き出しといたほうがいいよ。無理せずにね」

＊　＊

「……失礼しました」

しばらくのあいだ、私はテラリス様に抱きしめられながら泣いていました。

周囲に神王様やミケーネさんがいたものの、堪えることができなかったのです。

私、かなり追い詰められていたみたいですね。

ただ、人目を気にせず大泣きしたおかげか、今は気持ちがスッキリしていました。

あっ。

人目って言いましたけど、この場所に『人』って私しかいませんね。

神王様とテラリス様は神族ですし、ミケーネさんは精霊、ローゼクリスは杖(つえ)です。

周りの視線を気にせず大泣きしたおかげで気持ちがスッキリした、と言うべきだったかもしれません。

そんなふうに自分で自分にツッコミを入れていると、ミケーネさんが私の横にやってきました。

「フローラさま、ふわふわのタオルあげるね。おめめを拭くといいよ！」

ミケーネさんはどこからともなく白いタオルを取り出すと、私に向かって差し出します。

「ありがとうございます。使わせてもらいますね」

涙を拭くならタオルじゃなくてハンカチでは……？　と頭の端っこで考えつつ、私はタオルを受け取り、目元に持っていきます。

ぽふぽふ、ごしごし。

布地はとてもフワフワで、しかもタオルなので分厚くなっており、顔を押し付けてみれば柔らかく受け止めてくれます。

涙の跡を拭い、ついでにタオルの心地よい感触を堪能してから、私は顔を上げました。

「落ち着いたみたいだね」

すぐ近くにいたテラリス様がにっこりと微笑(ほほえ)みながら声を掛けてきます。

「フローラちゃんは頭のいい子だけど、そのぶん、抱え込んじゃうところがあるから心配してたんだ。ちょっとでも楽になったら嬉(うれ)しいな」

「ありがとうございます。甘えちゃってすみません」

「いいんだよー。わたし、神様だからねー」

テラリス様は、ふふん、と自慢げに胸を張ります。

「人の子よー。辛いことがあれば女神に甘えるのだー。なんてね」

「ねえねえ、フローラさま」

くいくい。

ふと気づくと、ミケーネさんが私の袖を引いていました。

「ぼくも、謝りたいことがあるよ」

「ミケーネさん、何かしましたっけ」

最近のことを振り返ってみますが、パッと思い当たるものはありません。

私が考え込んでいると、ミケーネさんは表情を曇らせながら言いました。

「ボクがおうさまに『今から中庭で会えるかな』って聞いたせいで、おうさまが攫われちゃったんだ。でも、あの時間にフローラさまとおうさまが会っていなかったら、フローラさまが連れ去られていたかもしれなくって、どっちも無事なのが一番いいんだけど、どうすればよかったのか分からなくって……。うう、うまくいえないよ……」

ミケーネさんは喋(しゃべ)っているうちに感情が高ぶってきたのか、瞳が涙で潤んでいました。

言葉の順序はめちゃくちゃですが、どんな気持ちなのかは分かります。

「ミケーネさんは、後悔しているんですね」

私は、さっきテラリス様にしてもらったようにミケーネさんを抱き寄せます。

「うん……。ごめんね、ごめんね」

「いいんですよ。あの時、どうするべきだったのかは私もずっと考えていますから」

「わたしもだよ」

テラリス様がそっと呟きました。

「フローラちゃんとリベルちゃんが大切な話をするって時に、覗きにもいかずに寝てたんだからね。こっそりあの場に隠れていたら、もしかしたら助けられたかもしれないのに」

……ん？

今、サラッと妙な発言があったような。

「テラリス様、覗きに来るつもりだったんですか」

「おっと、冗談だよー、冗談」

本当でしょうか……？

まあ、ジョークということにしておきましょう。

私が内心でそう結論付けていると、膝元に置いていたローゼクリスが声を上げました。

「ボクもミケーネさんと同じだよ。あの時にできたことがあるんじゃないかって、どうしても考えちゃうんだ。クヨクヨしていても仕方ないって、分かってるんだけどね」

頭では分かっているけれど、気持ちが付いてこない。

そういうことって、ありますよね。

私だけでなくミケーネさんやローゼクリスも自分の気持ちを吐露するという予想外の展開になりましたが、たぶん、これはリベルを救出するにあたって必要なことだったのでしょう。

心に後悔を抱えていたら、大事な場面でファールハウトに付け込まれちゃうかもしれませんからね。

「皆様、よい表情になられましたな」

神王様は微笑を浮かべると、私たちに告げます。

「話の続きになりますが、ファールハウトが本拠地としている世界はすでに判明しております。詳しい位置については後でテラリスに伝えておきましょう。リベル殿の救出には、いつごろ向かわれるつもりでしょうか」

「準備が整ったらすぐに出発します。リベルが心配ですし、時間が経てば経つほど、こちらが不利になるでしょうから」

今回、私たちが神界に到着するのと、ファールハウトが神樹に呪いをかけたのは同時ともいえるタイミングでした。

ここから推測するに、敵はこちらの動きをかなり正確に把握しているのでしょう。

ということは、私たちがリベルの救出に向けて動いていることも、ファールハウトの居場所を突き止めたことも筒抜けになっている可能性が高いでしょう。

相手はすでに迎撃の準備を始めているかもしれませんし、そう考えると、時間を与えれば与えるほどこちらが不利になります。

ファールハウトがどうして私を攫おうとしたのかは不明ですが、情報のアテもありませんし、ここは相手の想定を上回るスピードで一気に攻め込んでしまうべきでしょう。

……というのが私の考えであり、神王様にも伝えておきます。

「儂もそれがよいかと思います。我々神族も、できるだけ早くに支度を済ませてファールハウトの本拠地へ向かうつもりです」

「もしかしてリベルの救出を手伝っていただけるんですか」

「もちろんです。以前、フローラ様とともに神界の危機を救っていただいた恩がありますからな」

それに、と神王様は言葉を続けます。

「ファールハウトを放っておけば、多くの世界が滅び、無数の命が失われることになります。高位神界からのお告げでは、自然消滅を待つ以外に対応策は見つかっていないようですが、だからといって放置するわけにはいきません。あやつがどのような存在なのか把握するために、一度、矛を交えるつもりです」

「高位神族の方々に応援を頼めないんですか」

「もちろん要請はいたしました。ですが、高位神族は自分たちが暮らす場所よりも下位の世界にはほとんど干渉できません。人族としての肉体を作ってそこに宿ることは可能ですが、準備には相当の時間が必要で、しかも高位神族としての力はまったく発揮できないそうです」

「要するに、高位神族の助力は期待できないってことだねー」

テラリス様は肩を竦めながら呟きます。

「うんうん、だいだい状況は分かったよー。とにかく、フローラちゃんはリベルちゃんの救出に専念してくれたらオッケーってことだね。神族はそれを手伝いながら、ファールハウトの情報を現地で集める……ってところかな」

「それでしたら神族の皆さんと足並みを揃えて、一緒に出発した方がよさそうですね」

「いえ、我々のことは気になさらないでください」

えっ？

神王様からの意外な言葉に、私は思わず目を丸くしていました。

「せっかく手を貸してくださるなら、連携を取るべきじゃないですか」

「常識的に考えればその通りかもしれません。ただ、出発のタイミングを揃えると、その情報をファールハウトに把握されて、出鼻をくじかれるような事態を起こされるかもしれません」

「あー、確かにそれはあるかもねー」

うんうん、とテラリス様が頷きます。

「そもそもの話、フローラちゃんは大事な時こそ予想外の事態を引き寄せちゃうから、足並みを揃えようとしてもあんまり意味がなさそうなんだよね。たとえば明日の朝に出発って決めても、なんだかんだで今夜のうちに行くことになるとかね。今までだってそんな感じだったし」

「そんなこと……ありますね」

本当は否定したいところですが、残念ながら反論の言葉は見つかりませんでした。

私は何事もしっかり準備を整えてから取り組みたいと思っているのですが、実際には行き当たりばったりになってしまうことが多く、しかもそれでうまく行っているんですよね。

たとえばナイスナー家が独立したのも、大陸を統一したのも、なりゆきみたいなものですし。

「まあ、あんまり難しく考えなくていいんじゃない？」

私が考え込んでいると、テラリス様がニコッと笑いながら言いました。

「ファールハウトに時間を与えれば与えるほど、相手にとって有利になっちゃう。だから、わたしたちはできるだけ早く出発して、さっさとリベルちゃんを助け出す。それだけの話だよ」

かくして、私たちはファールハウトの本拠地がどこにあるのかを突き止めました。

きっとそこにリベルが捕らわれているのでしょう。

待っていてください。

すぐに助けに向かいますから。

第三章　敵の本拠地に乗り込みましょう！

私たちは神王様の元を去ると、すぐに人界に戻ることにしました。

神界に来た時と同じく、帰るためのゲートを開くには広い水場が必要だそうです。

というわけで——

「ワフ湖に来てみたよー」

「テラリス様、誰に向かって言ってるんですか」

ビーワ湖でも同じようなツッコミを入れたような気がしますが、それはさておき、私とテラリス様、ミケーネさん、そしてローゼクリスはワフ湖のほとりに来ています。

ワフ湖はオード宮殿から南に離れたところにあり、以前、人界に戻る時もここでゲートを開いています。

「それじゃあ帰るよー」

相変わらずの軽い調子で告げると、テラリス様は湖に向かって両手を広げます。

「湖よ、我が意志に応えて人界に続く『道』を示せ。——《転移の門（トリップゲート）》」

そこから先の展開は、行きとまったく同じです。

湖が左右に割れ、湖底の中心部から光の柱が天空へと立ち上りました。

その中に足を踏み入れると、しばらくの浮遊感の後、私たちは人界へと帰還していました。

場所は、ビーワ湖のほとりです。

そこからの移動はレッドブレイズ号で空をビュンと飛び、あっというまに首都ハルスタットの南に広がる草原に到着しました。

出発したのが午前八時頃で、現在の時刻は正午過ぎ、宮殿を離れてからまだ四時間ちょっとしか過ぎていません。

「まだお昼なんだねー。なんだか、三日くらい経ったような気分だよー」

陽光に照らされた草原を歩いていると、隣でテラリス様がうーんと背伸びをしながら言いました。

気持ちはよく分かります。

なにせ、私たちは神界と人界を往復するだけでなく、二度目となる神樹の危機を救ったり、ファールハウトの正体やリベルの捕らわれている場所についての情報を神王様から教えてもらったり、ついでに私がうっかり泣いてしまったりと、なかなか密度の濃い時間を過ごしていたわけですからね。

……うっ。

今更ですが、わんわんと大泣きしたことが恥ずかしくなってきましたよ。

耳のあたりがかあっと熱を持ってきます。

「フローラちゃん、もしかして泣いちゃったことを思い出してるのかな」

「どうして分かったんですか」

「なんとなくかな？」

ニコッと微笑みながらテラリス様が告げます。

「なんなら、もう一回くらい甘えとく？　わたしのことはおかーさんみたいに思ってくれていいからねー。フローラちゃんみたいに可愛い娘なら大歓迎だよー」

「ありがとうございます。必要があればお願いしますね」

「うーん、残念。振られちゃったかー」

「テラリスさま、どんまいー。あめちゃんあげるねー」

ミケーネさんがどこからともなく（おそらく精霊倉庫から）袋に包まれた飴を取り出しました。

「フローラさまもたべてー」

それではひとついただきましょうか。

もぐもぐ。

甘酸っぱい、パイナップルの味が舌に広がります。

「おいしいねー」

「お腹すいちゃいますね」

ちょっとしたものを口に入れると、かえって空腹を感じるってこと、たまにありませんか？

今の私はちょうどそんな感じです。

昼食の時間帯というのも関係しているかもしれません。

というわけで――

私たちはハルトリア宮殿に戻ると、まずは食事を取ることにしました。

場所は私の部屋です。

ここなら、他の人に話を盗み聞きされる心配はありませんからね。

宮殿で待っていたマリアとノアも呼んで、一緒にテーブルを囲みます。

本当ならお父様とライアス兄様にも来てほしかったのですが、他国の方々との会食があるので、そちらを優先してもらうことにしました。

「リベルにいさんが捕まっている場所、分かったんですか⁉」

神界での出来事を話すと、ノアがぱあっと顔を明るくしました。

「よかった……！　これで助けに行けますね。うう、ひっぐ」

「あらあら。よほどリベル様のことが心配でしたのね」

マリアは苦笑すると、ハンカチを取り出しました。

その隣では、ノアが感極まったように目を潤ませ、ぽろぽろと涙を零(こぼ)しています。

「うう、ずびません。はんがち、よごぢじゃって」

「構いませんわよ。遠慮なくお使いなさいな」

「うう、うわああああっ」

ノアはハンカチを受け取ると、目元をごしごしと拭きながら声を上げて泣き始めます。

……ちょっと、羨ましいですね。

こんなふうに人目を憚(はばか)らずに泣くなんて、私にはできないことですから。

「フローラちゃん、元気？」

隣に座っていたテラリス様が、ふと、声を掛けてきました。

言葉の内容はあまりにも唐突なものでしたが、意図は何となく分かりました。

きっと私のことを気遣ってくれているのでしょう。

少し考えてから、こんなふうに答えました。

「大丈夫ですけど、ちょっとお腹が空(す)きましたね」


しばらくするとノアも気持ちが落ち着いたらしく、泣(な)き止(や)んでハンカチをマリアに返しました。

ちょうどそのタイミングを見計らったように、ネコ精霊たちが食事を運んできてくれます。

「きょうのめにゅーは、こちら！」

「ここいちばんのしょうぶに、さくさくかつさんど！」

「ぱんはふわっ！　かつはじゅわっ！　おいしいよ！」

というわけで、カツサンドをいただくことになりました。

一口齧(かじ)ればパンの部分は柔らかく、カツからは肉と油の旨味がじゅわっと染み出してきます。

あいだに挟まれたシャキシャキのキャベツの食感も心地いいですね。

ただ、本番は二口目からです。

カツから染み出した旨味を吸い込んだパンはさらにおいしさを増しており、気が付けばぺろりとひとつめを食べ終えていました。

私はふたつでお腹いっぱいになってしまいましたが、胃が大きければ三つ、四つと食べていたかもしれません。

「リベルにいさん、カツサンドをすごく気に入ってましたよね」

ノアがぽつりと呟きました。

そういえば、テラリス様を助けに行く直前にもカツサンドを食べましたね。

リベルはよほど気に入ったらしく何度もお代わりして、さらには宝物庫にストックしていましたっけ。

「ネコ精霊の皆さん、リベルの食べる分を精霊倉庫にストックしておいてもらえますか。もしかしたらお腹を空かせているかもしれませんし」

「フローラさま、ないすあいであ！」

「おうさまはたくさんたべるから、たくさんすとっくするよ！」

「ひゃっこくらいあればいいかな」

「そんなに作ったら余っちゃいますよ」

「リベル様を助けた後に、皆で食べればよいと思いますわ」

あっ、それいいですね。

マリアの案を採用させてもらいましょうか。

「フローラちゃんは、リベルちゃんのことを大切にしてくれてるんだねー」

「急にどうしたんですか、テラリス様」

「リベルちゃんがお腹を空かせているかも、って心配してくれたんでしょ？　そんなふうに気遣ってもらえるなんて、あの子は幸せ者だねー」

「当然じゃないですか」

リベルは私にとって、大切な存在ですから。

……と言いかけたものの、なんだか気恥ずかしくなって、手元のナプキンで口元を塞ぐように拭います。

その直後のことです。

「へえ、なんだかいい匂いがするな。オレもひとつもらっていいか」

背後でガチャリとドアが開く音がしたと同時に、男性の声がしました。

ライアス兄様？

いえ、声色がちょっと違いますね。

いったい誰でしょう。

私は後ろを振り返ります。

……えっ。

視界に入ってきた人物の姿に、私は目を疑います。

隣に座っていたテラリス様も私と同じようにドアの方に視線を向け、「うそ」と小さく声を漏らしました。

年齢としては一〇代後半くらいでしょうか。

黒い瞳に、黒い髪。

三〇〇年前、テラリス様によってこの世界に導かれ、弟神ガイアスを封印し、天才的な魔術師にして錬金術師と呼ばれたご先祖さま――。

ハルト・ディ・ナイスナーがそこに立っていました。

「二人とも驚きすぎじゃないか。フローラとは『隠れ家』で何度も顔を合わせているし、テスも話には聞いているだろ？」

いやいや、ちょっと待ってください。

確かに私はご先祖さまと会ったことがありますけど、あれは残留思念みたいなもので、『隠れ家』から出られないはずですよね。

「細かいことは分かりませんけれど、大変なことが起こっているみたいですわね」

私の様子を見て、マリアが苦笑しつつ席から立ち上がりました。

「まずは自己紹介をさせてくださいませ。わたくしはマリアンヌ・ディ・システィーナ、フローラの親友ですわ」

「こいつはご丁寧に。うちの子孫が世話になってるな。ハルト・ディ・ナイスナーだ」

「ああ、やっぱり。ナイスナー家に残っている肖像画にそっくりですから、そんな気がしていましたわ」

マリアはあくまで冷静な様子でそう答えます。

「驚かないんですか」

私は訊ねずにいられませんでした。

「ご先祖さまは三〇〇年前の人ですよ。そんな相手が目の前にいきなり出てきたら、普通はもっとビックリしたり、戸惑ったりしますよね」

「もちろん驚いてはいますわ。けれど、いつものことでしょう？」

ふふっ、とマリアは微笑みを浮かべます。

「フローラの周りでは、不思議なことが起こってばかりですもの。竜や精霊が現れたり、いきなり神界に行ってしまったり――。それに比べたら、三〇〇年前に亡くなったはずの方が蘇るくらいは可愛いものですわ」

「要するに、常識が麻痺しちゃったってことですか」

「そうとも言いますわね。どう考えてもフローラのせいですし、これは責任を取ってもらわないと困りますわ～」

冗談めかした口調で私に告げると、マリアは隣に座るノアに視線を向けました。

「ノア様、せっかくですし自己紹介をしてはいかがでして？」

「あっ、はい！　僕はノアです！　ハルトさんって、三〇〇年前にリベルにいさんと一緒に弟神ガイアスと戦った方ですよね。よろしくお願いします！」

「ああ、その通りだ。なるほど、弟だけあってリベルに似てるな。目元とか」

「ご先祖さま、ひとつ、よろしいですか」

私は小さく手を挙げて問いかけます。

「どうしてここにいるんですか。というか、どうやって人界に来たんですか。『隠れ家』の外には出られないはずですよね」

「カイに……世界樹に手を貸してもらったんだよ。おかげで生きてたころと同じように肉体もある。ただ、一時的なものだし、こんなことは二度とできないだろうな。今回だけの特別出演ってやつだ」

ご先祖さまはそう答えながら、テラリス様の近くへと歩いていきます。

「さて、そろそろ落ち着いたか？　久しぶりだな、テス」

「うん。久しぶり」

懐かしむような表情を浮かべながら、テラリス様はご先祖さまの顔を見上げます。

「色々と言いたいことはあるけれど、後回しかなー。このタイミングでわたしたちの前に現れたってことは、リベルちゃんの救出に手を貸してくれるんだよね？」

「当然だろ。あいつはオレの大切なダチだからな。なにより――――」

ご先祖さまはポンと右手を私の肩に置くと、さらに言葉を続けます。

「リベルのやつが攫われたままじゃ、ウチの可愛い子孫が何をしでかすか分かったもんじゃないからな。ちょいとお節介を焼きに来たってところだ」

「私、そんなに危なっかしく見えますか」

「ああ」

まさかの即答でした。

ご先祖さま、もうちょっと考え込んでくれてもいいんじゃないですか。

「安心しろ、バカにしてるわけじゃない。オレ自身、リベルが拉致られたせいで何をしでかすか分かったもんじゃないからな。つーか、こうやって死人がしゃしゃり出てくる時点でかなりのやらかしだ」

だから、とご先祖さまはさらに言葉を続けます。

「オレの血を引いてるおまえさんも、いつもなら絶対にやらないようなマネをやらかす可能性があるってことだ。心当たりはないか」

まったくありません。

……とは言えませんね。

神界ではわあわあと大泣きしてしまったわけですが、普段の私だったら自制心が勝っていたことでしょう。

テラリス様のほうをチラリと見ると、うんうん、とご先祖さまの言葉に頷いていました。

「フローラ、もしかして神界で何かありまして」

さすがマリア、察しがいいですね。

とはいえ正直に話すのは恥ずかしいですし、どうしましょうか。

「色々とあったけど、それはフローラちゃんとわたしのヒミツかなー。ふふふー」

「まあ、羨ましい。どうにか聞き出したいところですけれど、それはリベル様が戻ってからでも遅くなさそうですわね」

ほっ。

どうやらマリアは追及を諦めてくれたようです。

テラリス様、ありがとうございます。

食事を終えたあと、私たちは今後の行動について話し合うことになりました。

まずは、神王様から教えてもらった情報をご先祖さまにも共有しておきます。

「オーケー、だいたい分かった」

ご先祖さまはニコリと笑って私にそう告げます。

「ところでリベルの捕まっている場所なんだが、オレの方でも調べてある。神王さんが突き止めた結果とも一致しているし、間違いはないだろう。フローラの言う通り、時間を与えれば与えるほど相手に有利になるだけだろうし、さっさと出発するべきだな」

「メンバーはどうしましょう」

「ぼ、僕は行きます！」

ノアが勢いよく右手を挙げて言いました。

緊張しているのか、ちょっと声が上ずっています。

「にいさんが攫われたのに、ジッと待っているなんてできません！」

「……と言っているが、どうする？」

ご先祖さまは私に視線を向けながら問いかけてきます。

「私が決めていいんですか」

「もちろん。今回の事件、おまえさんが一番の当事者だからな。ついでにいえば、オレの子孫でもある。先祖にカッコいいところを見せてくれ」

「ニホンゴで言うところの『サンカンビ(参観日)』みたいなものですね。分かりました」

私はコホンと咳払(せき)いをしてから告げます。

「それではノア、一緒に来てください。テラリス様とご先祖さまもよろしくお願いします」

「わたしがいないと、そもそもリベルちゃんのところに行けないもんねー」

「任せとけ。もともと、そのつもりで墓から出てきたわけだからな」

「わたくしも」

マリアがポツリと呟(つぶや)きました。

しばらく考え込んだ後、やがて、小さなため息とともに言葉を続けます。

「フローラの行くところなら地獄であろうと付いていきますわ……と言いたいところですけど、今回は役に立てるかどうか微妙なところですわね」

「そんなことは……」

ない、と言ってあげたい気持ちはあります。

マリアの腕っぷしはなかなかのものですし、攻撃魔法だって扱えます。

魔物の二、三匹くらいなら自力で退けることができるでしょう。

けれど、ファールハウトという強大な存在と事を構えるにあたっては、さすがに心許(こころもと)ないというのが正直なところです。

これ、すごく伝えづらいですね……。

「フローラ、困ってるみたいだな」

私の考えを察したように、ご先祖さまが呟きます。

「おまえさんから話しにくいんだったら、オレに任せてもらってもいいぜ」

「いえ、これは自分で伝えます。私が一番の当事者ですから」

私はご先祖さまに答えると、マリアに視線を合わせて告げます。

「マリアの気持ちは嬉しいですけれど、ごめんなさい。宮殿で待っていていただけますか」

「フローラ、そんな悲しそうな顔をしないでくださいまし。せっかくの可愛らしさが台無しですわ」

マリアはちょっとだけ寂しそうに微笑むと、さらに言葉を続けます。

「わたくしの方こそ、ごめんなさい。変なことを言ってフローラを困らせてしまいましたわ」

「いえ、必要なことだったと思います。一緒に行った方がよかったんじゃないかと思いながら待ち続けるのは、きっと辛いことですから」

「――ひとつ、よろしいでしょうか」

おおっと。

部屋のドア近くから声がしたかと思うと、ポン、と白い煙が弾けました。

そうして姿を現したのはイズナさんです。

「マリアンヌ様はこちらに残られるとのことですが、それでしたらお願いしたいことがあります」

「伺いますわ」

「我々がリベル様を救出し、こちらの世界に戻ってくるまでのあいだ、フローラ様の代役を務めていただきたいのです。本日であれば晩餐会がありますし、明日からは各国の方々が自国に帰られますので、その見送りにも出向かねばなりません。引き受けていただけませんでしょうか」

「代役というと、魔法か何かでフローラに化ける、ということでして？」

「はい。昨日は緊急事態ということもあってタヌキさんに代役を依頼しましたが、やはり、フローラ様のことを最もよく知っている方にお願いするべきかと考えております」

「ええ、確かに世界でいちばんフローラを知っているのはわたくしですわね」

マリアの瞳がキランと輝きました。

口元にもニヤリと笑みが浮かんでいます。

「イズナ様、その話、引き受けさせていただきますわ！　わたくしが完璧にフローラを演じてみせますとも。ふふ、ふふふふ……！」

だ、大丈夫でしょうか。

マリアはものすごく乗り気のようですが、私としてはちょっと不安です。

「なあに、心配することはない。親友なんだろ？　悪いことにはならないさ」

「ご先祖さま、他人事だからって楽しんでませんか」

「まあ、ちょっとな」

そんなことだろうと思いました。

まったくもう。

その後も話し合いは続き、リベルの「救出部隊」としては私、テラリス様、ご先祖さま、ノアに加えて、ミケーネさんとネコ精霊たち、イズナさん、タヌキさん、そしてローゼクリスということになりました。

移動手段としてはテラリス様がゲートを開き、そこに皆を乗せたレッドブレイズ号で飛び込むという形です。

そうして話がまとまったところで、お父様とライアス兄様が部屋にやってきました。

どうやら昼の会食が終わったみたいですね。

二人とも、ご先祖さまが来ていることは精霊たちから聞いていたらしく、部屋に入ってすぐに挨拶を始めました。

「ナイスナー家現当主、グスタフ・ディ・ナイスナーと申します。我らが祖、ハルト・ディ・ナイスナー様にお会いできて光栄です」

「俺は――いえ、自分はライアス・ディ・ナイスナーです。……肖像画そっくりで驚きました」

さすがのライアス兄様も、今回ばかりは緊張しているみたいですね。

声も硬いですし、ピン、と背筋を伸ばしています。

「丁寧にありがとな。おまえさんたちの先祖、ハルト・ディ・ナイスナーだ。つーか、そんなに畏まらなくていいぞ。身内だろ？　もっとリラックスしてくれ」

「ご先祖さま、それは難しいと思いますよ」

「オレの子孫なんだから大丈夫だろ。適応力はバツグンにあるはずさ」

ご先祖さまは自信たっぷりに言い切りました。

「オレなんか十五、六歳でいきなりこの世界に連れてこられたが、どうにかこうにか生きていけたからな。それに比べりゃ、三百年前の人間とフレンドリーに接するくらいは楽勝だろ？」

そうでしょうか……？

言われてみればそんな気もするような、しないような……。

まあ、ご先祖さまは気さくな方ですし、お父様やライアス兄様もじきに打ち解けるでしょう。

それより——

私はちょっと気になったことがあったので、テラリス様に向かって尋ねました。

「質問なんですけど、テラリス様はどうしてご先祖さまをこの世界に連れてきたんですか？　当時、弟神ガイアスが暴れていたみたいですけど、それを止めるだけならテラリス様ご自身でもできましたよね」

「もちろん止めようとしてたよー。でも、あの子のほうが強かったんだよね」

「テラリス様だけじゃガイアスを抑えきれないから、ご先祖さまを呼んだ、ってことですか」

「うん。実際には他の神族にも手伝ってもらおうとしたんだけど、高位神族からわたしのところに直でお告げがきたんだよねー。関わる神族が多くなればなるほど悪い結果になるから、別の世界から人族を呼んで力を与えろ、って」

「悪い結果といいますと……？」

「それがよく分からないんだよねー。わたしも質問してみたけど、知ること自体がリスクになるから教えられない、の一点張りだったんだよー」

「高位神族ってのは、みんな未来視の力を持ってるんだよ」

テラリス様の言葉を補足するように、ご先祖さまが口を開きました。

「他の神族を関わらせないように言ったのも、別の世界から人族を――要するにオレを召喚するように指示したのも、未来の出来事を踏まえてのことだろうな」

「なるほど、そういうことだったんだねー」

ふんふん、とテラリス様が頷きます。

「っていうか、高位神族が未来視を持ってるなんて初耳なんだけど。神王のおじーちゃんもそんなこと言ってなかったよー」

「そりゃそうだ。神王以外の神族には伏せられている情報だからな」

なるほど……。

って、ちょっと待ってください。

「そんな情報をどうしてご先祖さまが知っているんですか」

「オレが天才だからだな」

「答えになってませんよ」

「まあ、オレのことはどうでもいいんだよ。おまえさんの兄貴と親父さんにも、ここからの予定について話してやるほうが先だろ」

なんだか誤魔化されてしまいましたね……。

とはいえ、このまま追及したところで答えてくれそうにないですし、ひとまず切り上げるとしましょう。

実際、お父様とライアス兄様にも今後のことを伝えないといけませんからね。

というわけで、私から説明をしたわけですが——

「俺も行く。今回ばかりは譲れねえ」

すべてを聞き終えたあと、ライアス兄様は強い口調でそう告げました。

「毎回、フローラばっかり危険な場所に行ってばっかりじゃねえか。それなのに、兄貴の俺が安全なところでボンヤリしていられるかよ」

その言葉が私を思いやってのことなのは、私も十分に理解しています。

ライアス兄様は以前から、私ばかりに負担が掛かっていることを心苦しく感じていましたからね。

こんなふうに心配してもらえるのは、とてもありがたいことですし、妹としてとても嬉しく感じています。

けれど——

ライアス兄様の申し出を受け入れるかどうかは別問題です。

「ごめんなさい。どうか宮殿で待っていてもらえませんか」

「大丈夫だ。俺だってそれなりに腕は立つ。足手まといにはならないつもりだ」

「でも、所詮はそれなり止まりですわ。ライアス様も、わたくしも」

マリアが窘（たしな）めるような口調で、けれど同時に、悔しそうに呟きました。

「たとえば、以前にドラッセンを襲った黒竜を思い浮かべてくださいませ。ライアス様はあれを一人でどうにかできますの？　あるいは、聖地に現れたというクラーケンを想定してくださっても構いませんわ。フローラが相手にしているのは、人族の力をはるかに超えた存在ですの。一緒に行ったところで、足を引っ張るだけですわ」

「そうかもしれない。……けど、フローラが高位神族の血を引いてるんなら、俺だって同じはずだ」

　ライアス兄様はそう言うと、ご先祖さまに視線を向けました。

「なあ、ご先祖さん。俺の身体に流れている高位神族の血を目覚めさせるような方法はないのか？　フローラの役に立ちたいんだ。頼む」

「無理だ」

　ご先祖さまはキッパリと言い切りました。

「フローラが高位神族の血を活性化できるのは、色々と条件が重なってるおかげだ。……そもそもの話、おまえさんの身になにかあったらどうする。この国は終わりだぞ」

「ライアス、お前の気持ちは分かる」

　お父様がライアス兄様の肩に右手を置きながら言いました。

「本音を言うならば、わたしも同行したい。とはいえ行ったところで何もできず、むしろ迷惑をかけるだけだろう。……ニホンゴには『テキザイテキショ（適材適所）』という言葉がある。リベル殿の救出はフローラたちに任せ、我々は王族としての務めを果たすべきだろう。特に、今は他国の者たちが来ているのだからな」

「……ああ」

ライアス兄様はやがて、コクリ、と頷きました。

「本当は俺も分かってたよ。自分が我儘を言っているだけで、一緒に行ったところで邪魔にしかならない、ってな。……フローラ、すまん」

「いいんですよ、気にしないでください。ライアス兄様の優しさは、ちゃんと伝わってますから」

「ありがとうな」

ライアス兄様はくしゃっとした笑顔を浮かべると、右手で私の頭をポンポンと撫でました。

それからご先祖さまのほうを向いて、さらにこう言います。

「ご先祖さん、どうかフローラのことを守ってやってくれ」

「任せとけ。最初からそのつもりだ」

ご先祖さまはニヤリと口の端を吊り上げて自信たっぷりの笑みを浮かべると、右手をグッと握り、ライアス兄様の方に突き出します。

ライアス兄様はそれを見て頷くと、右手を私の頭から離しました。

そのまま握り拳を作り、コツン、とご先祖さまの拳に軽くぶつけます。

「フローラにケガさせたら、いくらご先祖さんでもタダじゃおかねえからな」

「ははっ、そいつは恐ろしいな」

ご先祖さまは小さく肩を竦めると、さらに言葉を続けます。

「ところでライアス、ひとつ相談がある。オレは見ての通りの丸腰でな。このままじゃフローラの護衛にも不安がある。よければ剣を貸してくれないか」

「俺のでいいのか？　手入れはしているが、使い古しだぞ」

「構わないさ。おまえさんの気持ちが籠っていることが大事なのさ。一緒に連れて行ってやれない代わりだと思ってくれ」

「分かった、後で渡すよ。……優しいんだな、ご先祖さん」

「おまえさんも大切な子孫のひとりだからな。当然だろ？」

ご先祖さまは笑みを浮かべると、ライアス兄様の肩をポンと叩きました。

＊　＊

その後、ネコ精霊たちがライアス兄様の剣を持ってきてくれました。

「いい剣だ。おまえさん、修練を積めば一流、いや、超一流の剣士になれるだろうな。ありがたく借りていくぜ」

ご先祖さまは剣を受け取ると、刃をしげしげと眺めてそう呟きます。

「さて、これで準備完了ってところか」

「ですね」

私は頷きます。

情報の共有も終わりましたし、ここですべきことは何も残っていません。

「フローラ、いつ出発しますの」

「可能な限り早く、ですね」

私がマリアの言葉にそう答えた直後、ポン、ポン、ポンと足元で白い煙が三つ弾けました。

そうして部屋の中に現れたのは、三匹のネコ精霊です。

黒いつばの大きな帽子と、右目の眼帯、襟の大きなコート——海賊のような恰好（かっこう）をお揃いでしています。

なかなか似合っていますし、本人（本猫？）たちも楽しそうです。

「ぼくたち、ねこのかいぞくだん！」

「いつでもしゅっこうできますぜ！」

「りべるのおやぶんをとりもどしましょうぜ、あねご！」

さすがネコ精霊、仕事が早いですね。

あねごというのは私のことでしょうか。

なんだか強そうでいいですね。

ふふん、やっておしまい！　みたいな。

冗談はさておき、いつでも出発できるなら今すぐ向かいましょう。

時間は最大の武器ですからね。

私は腰のベルトにローゼクリスを下げると、他の皆を連れ、街の外に停泊しているレッドブレイズ号のところへ向かいました。

船にはすでに大勢のネコ精霊たちが乗り込んでいます。

「ぶきよーし！　ごはんよーし！　おやつよーし！」

「おひるねようのふとんもそろえたよ！　すぴー」

「おきてー、おきてー。まだねちゃだめだよー」

お昼寝を始めた子と、それを起こそうと頑張っている子がいますね。

他にも、こっそりおやつのワガシ（和菓子）を食べようとしていたり、武器の点検と称してチャンバラごっこをしていたり――ネコ精霊たちはあいかわらずマイペースです。

「なんだか気が抜けちゃうねー」

クスッと笑いながらテラリス様が呟きます。

「けど、それがネコ精霊のいいところかなー」

「ですね。緊張でガチガチだと、肝心なところでミスしちゃいますし」

私はそう答えると、両肩をほぐすようにぐるりと回します。

ゴギゴギゴギ！

ひえっ。

すごい音が鳴りました。

横を歩いていたテラリス様もビックリして目を丸くしています。

「フローラちゃん、凝り過ぎじゃない？」

「……かもしれません」

ネコ精霊たちに頼んで、肩たたきでもしてもらうべきでしょうか。

そんなことを考えながらレッドブレイズ号に乗り込みます。

「フローラ、気を付けて行ってらっしゃいまし！」

見送りに来てくれたマリアが、甲板に立っている私に向かって大きく手を振ります。

「ちゃんと無事に帰ってくるのですわよー！　……と見せかけて、ダッシュですわ！」

えええっ⁉

マリアは姿勢を低くしたかと思うと、ものすごい勢いでレッドブレイズ号に向かって走り出しました。

まさか、このまま乗り込むつもりでしょうか。

「ぴぴーっ！　ふねにちかづかないでくださーい！」

「ここからさきは、とおせんぼだよ！」

「ねこばりやー！」

船の周囲にいたネコ精霊たちが壁のように積み重なり、マリアの行く手を阻みます。

「ふふふ、本気になったわたくしを止められると思いまして⁉」

ぽふん。

止まりました。

「やっぱりダメでしたわね」

マリアは苦笑しつつ、あらためて私に向かって手を振ります。

「おかげで諦めも付きましたし、宮殿でしっかりフローラの代役をやっておきますわー！　任せておいてくださいましー！」

「よろしくお願いします！」

彼女の言葉に、私も大声で答えます。

たぶん、マリアとしてもレッドブレイズ号に乗り込むつもりはなく、宮殿に残ることに折り合いをつけるための行為だったのでしょう。

彼女が本気で私と行くつもりだったなら、あんな安易な方法を取るわけがありませんからね。

見送りにはライアス兄様とお父様も来てくれており、二人もこちらに向かって手を振ってくれています。

「フローラ、ケガするんじゃねえぞー！」

ライアス兄様の声はよく響いて、甲板にいる私の耳にもしっかり届いていました。

お父様は大声を出すタイプではないので、ちょっと聞こえないですね。

でも、口元は微(かす)かに動いています。

「アセリア、あの子を守ってくれ。フローラ、どうか無事で」

んん？

いま、お父様の声が聞こえたような。

戸惑いながら周囲をキョロキョロと見回すと、すぐ近くにご先祖さまが立っていました。

いたずらっぽい笑みを浮かべながら、私に向かってこう告げます。

「風の魔法をちょっと応用して、互いの声が届くようにしてみたのさ。せっかくだから親父さんに何か言ってやりな。親孝行はやれるうちにやっておいた方がいいからな」

私はコクリと頷くと、お父様に視線を合わせて呟きます。

「いつも心配ばかりかけてごめんなさい。行ってきます、お父様」

こちらの声もちゃんと聞こえていたらしく、お父様はハッとした表情を浮かべると、私に向かってコクリと頷きました。


ほどなくして出航の時間がやってきました。

「レッドブレイズ号、発進するよー！」

甲板にいたミケーネさんの宣言と共に、船が揺れ、ゆっくりと宙に浮かびます。

周囲に視線を向けると、船首のあたりにポツンとノアが一人で立っていました。

普段、こういう時はいつも母親のテラリス様とお喋りしているか、タヌキさんや他の精霊たちと遊んでいることが多いので、なんだか意外な印象です。

むむっ。

よく見ると、なんだか表情が暗いですね。

眉も下がっていますし、時々、小さくため息をついています。

ちょっと心配になってきましたよ。

今のうちに声を掛けておきましょうか。

そう思って船首に向かうと、足音で気付いたのか、ノアがこちらをくるりと向きました。

「あっ、フローラおねえさん。いよいよにいさんの救出ですね。僕、精一杯頑張りますね」

「ええ、頼りにさせてください。なんだか様子が普段と違いますけど、何か気掛かりでもあるんですか」

「……やっぱり分かりますよね」

私の言葉に、ノアはやや弱気な表情を浮かべて答えます。

「僕も、一緒に行くからにはにいさんを助けるためにしっかり働きたいと思ってます。でも、どうやって役に立てばいいか分からなくって……。竜なのに竜の姿になれないですし、ミケーネさんたち精霊みたいに不思議な力を使えるわけでもないですし」

「――そんな悩める仔羊（こひつじ）に、いや、仔竜に耳寄り情報だ」

あっ、ご先祖さま。

いつのまに近くにやってきたのでしょう。

というか、さっきも気が付いたら横に立ってましたね。

もしかして話し相手がいなくて困っているのでしょうか。

そんなことを考えながらご先祖さまをチラリと見ると、なぜか白い歯を見せたイイ笑顔が返ってきました。

「今回のオレはお助けキャラみたいなものだからな。困っているヤツを見かけたら、駆け付けるようにしているのさ」

「ご先祖さまって周りの世話を焼くのが好きなんですか」

「好きというか、放っておけないんだよな」

肩を竦めながらご先祖さまが答えます。

「おまえさんも似たようなタイプみたいだし、なんとなく分かるだろ。目の前で誰かが困っていて、しかも自分には解決策がある。そんなとき、ジッとしていられるか？」

「無理ですね。黙っていられないです」

「だろ？　きっと、おまえさんも周囲からは世話焼きと思われてるぜ。お互い、自分にできることをやっているだけなんだけどな」

ご先祖さまはそう言って私に笑いかけると、続いて、ノアの方に向き直ります。

「ノア、おまえさんの話は聞かせてもらった。要するに、自分がただの置き物になっちまわないか不安なんだよな」

「……はい」

ノアは小さく頷きました。

「さっき、ハルトさんは耳寄りな情報がある、って言いましたよね」

「ああ。オレはリベルのやつが竜に変身するしくみについて、ほぼ完全に理解している。何度も解析させてもらったからな。おまえさんがよければ、いくつかコツを教えてやってもいい」

「本当ですか⁉」

ノアは、今にもご先祖さまに飛びつきそうなほどの勢いで答えました。

「教えてください！　どうやったらいいんですか！」

「オーケー、いい返事だ。つーわけでフローラ、ちょっとノアを借りるぞ。ファールハウトの本拠地に到着するまでには、それなりのところまで仕上げられるはずさ」

ご先祖さまは自信たっぷりに言い切ると、ノアを連れて船内に続くドアへと向かいます。

それと入れ違いになるようにして、テラリス様が私のところへやってきました。

「ハルトくん、さっそく周囲の世話を焼いているみたいだね」

「ご先祖さま自身は、自分にできることをやっているだけ、って言ってましたよ」

「できることと、やることは別物なんだよねー。できるけど、面倒だからやらない。苦しいからやらない。そういう考え方もあるんだよ。まあ、フローラちゃんは『できる』と『やる』が直結しているタイプだから、ちょっと理解しにくいかもしれないけどね」

テラリス様はそう言いながら、船の前方に視線を向けます。

「さて、街からもかなり離れたみたいだし、方角もオッケーだね。そろそろゲートを開こうかなー」

「水場じゃなくていいんですか」

「それは神界に行く時だけの話だよー。他の人界に行く場合はまた別の条件があるんだよー。方角とか、地上からの高さとかねー」

テラリス様は私の問い掛けに答えると、両手を高く掲げました。

「光よ、我が意志に応えて異界に続く『道』を示せ。――《転移の門（トリップゲート）》」

神界に行く時に唱えた呪文とはちょっと違いますね。

行き先ごとに詠唱の内容が変わるのかもしれません。

そんなことを考えていると、船の前方に大きな光の輪が生まれました。

光輪の内側には七色に輝くオーロラが広がっています。

「しゃぼんだまににてるー」

のんびりとした声でそう言ったのは、いつのまにか私の足元に来ていたタヌキさんです。

シャボン玉？

どういうことでしょうか。

私は数秒ほど考え込んで、ポン、と手を打ちました。

なるほど、分かりましたよ。

大きなシャボン玉を作るところをイメージしてください。

針金の輪っかを石鹸水に浸して、ゆっくり引き上げると、内側には虹色の膜ができていますよね。

目の前の光景は、それによく似ていました。

リベルの救出が終わったら、皆でシャボン玉を作って遊ぶのもいいかもしれませんね。

ノアやネコ精霊たちはきっと大喜びでしょう。

そんなことを考えていると、テラリス様がこちらにチラリと視線を向けました。

「ゲートは無事に開けたし、ここを通れば、一時間くらいで目的地に着けるはずだよー。それじゃあフローラちゃん、号令よろしく」

「私が言うんですか」

「もちろん！　せっかくだからピシッと決めてくれると嬉しいなー」

「がんばってー」

むむむ。

テラリス様はともかく、タヌキさんに応援されちゃったら断れませんね。

後ろを振り返れば、ミケーネさんやイズナさん、さらに大勢のネコ精霊が甲板に出て、掛け声を待っていました。

私は大きく息を吸い込むと、宣言します。

「これからファールハウトの本拠地に乗り込みます！　リベル救出作戦、開始です！」

＊　＊

レッドブレイズ号が光輪をくぐると、その向こうにはキラキラと輝く不思議な空間が広がっていました。

たとえるなら、星の光に埋め尽くされた夜空でしょうか。

「綺麗ですね……」

「いい眺めでしょー。ふふーん」

私が周囲の光景に見惚れていると、テラリス様が嬉しそうに言いました。

「一時間もすれば到着するだろうし、それまでは自由時間だねー。わたしはお茶でもするつもりだけど、フローラちゃんはどうする？」

もちろんお付き合いします。

救出作戦に備えて、糖分も取っておきたいですからね。

というわけで私とテラリス様は船内のカフェへ向かうことにしました。


「かふぇ『まるいねこ』へようこそ！　わーいわーい！」

「まんまるなおだんごがめいぶつだよ！　たべてね！」

「きょうのおすすめは、みたらしだんご！　あまからのたれがおいしいよ！」

船内のカフェではネコ精霊たちが働いており、いつも通りのハイテンションで私たちを出迎えてくれました。

「私はミタラシ団子にしますけど、テラリス様はどうしますか」

「同じものでいいかなー。あ、飲み物はリョクチャかなー」

「ですよね」

私たちは頷き合うと、ソファに腰掛けます。

あ、フカフカですね。

気を抜くと眠ってしまいそうです。

ただ、幸いなことにミタラシ団子とリョクチャがすぐに運ばれてきたので、うっかり寝てしまう事態は避けられました。

「このタレおいしいねー。塩気がいい感じだねー。甘さがすごく引き立ってるし」

「お団子もモチモチですね。この歯応え、私は好きですよ」

私とテラリス様がそんなふうに感触を楽しんでいると、やがてカフェにご先祖さまがやってきました。

「うまそうなもの食べてるな。オレも同席させてもらっていいか」

「ええ、どうぞ。ノアは一緒じゃないんですか」

「あいつなら修業中だ。あと三十分くらいしたら終わるだろうから、ご褒美にお菓子でも差し入れしてやってくれ。オレが持って行ってもいいが、フローラのほうがノアも喜ぶだろ」

「確かにねー。あの子、フローラちゃんにすごく懐いてるし」

ご先祖さまの言葉に、うんうん、とテラリス様が頷きます。

「ちなみに、修業ってどんなことをしてるのかな？」

「簡単に言えば睡眠学習だな。ノアに足りてないのは、竜としてのイメージだ。そいつを掴んでもらうために、催眠魔法でちょっとした夢を見てもらってる。あとは起きてから二、三回ほど練習すりゃものになるはずさ」

それよりも、とご先祖さまは言葉を続けます。

「向こうに着いたら、ファールハウトやシークアミルが邪魔をしてくるだろう。どんなことがあっても対応できるように準備をしておいた方がいい。というわけでフローラには渡すものがある」

「もしかしてこれの替えですか」

私は上着のポケットから、葉っぱの形を模したクリスタルを取り出しました。

これはご先祖さまが作った品で、世界樹のカイくんが生み出した神力が籠っています。

呪文を唱えることで神力が解放され、私は神様モードに変身できます。

ただし、使えるのは一度きり。

クリスタルはもともと緑色でしたが、現在は色が抜けて透明になっています。

先程、神界に行った時に使用したからでしょう。

ファールハウトの本拠地に乗り込むなら、新品をいくつか持っておきたいところです。

「察しがいいな、正解だ」

ご先祖さまはそう言って、パチン、と右手の指を鳴らしました。

すると、目の前の空間が歪み、テーブルの上に新たなクリスタルが現れました。

澄んだ緑色で、首に掛けられるように銀のチェーンが通されています。

「カイから伝言だ。『おかーしゃま、がんばって！』ってな。おまえさんに会いたがってたし、リベルを連れ戻したら、顔を出してやりな」

「もちろんです。ご先祖さまも一緒に行きましょう」

「はは、そいつは嬉しい誘いだな」

ご先祖さまはフッと笑みを浮かべます。

「ま、戦力の強化としてはこんなところか。後はせいぜい、心配事を無くしておくくらいだな」

「どういうことでしょうか」

「昔から、悪役ってのは精神攻撃をしてくるもんだから……ってのは冗談として、ファールハウトたちが今までにやってきたことを考えりゃ、正面から殴りかかってくるより、心の隙を突いてくる可能性が高いからな。気持ちに引っかかりがあるなら、今のうちに解消しておいたほうがいい。フローラ、テス、二人とも大丈夫か」

「じゃあ、ひとつ教えてもらっていいかなー」

リョクチャを一口飲んでから、テラリス様が問いかけました。

「ハルトくんが本気になれば、錬金術で不老不死になっちゃうとか、神族になっちゃうとか、いろいろな選択肢があったよね。どうしてそうしなかったのかな」

ひえええっ。

なかなか重たい話を持ってきましたね。

ただ、私もちょっと気にはなっていました。

普通に考えるなら死は恐ろしいものですし、避ける方法を持っているなら避けるはず。

なのに――

どうしてご先祖さまは寿命を受け入れて、人間として死ぬことを選んだのでしょうか。

「簡単に言えば、自分がろくでもないヤツになっちまうのが予想できたからだな。そもそもの話、こうやって残留思念を残して子孫の問題に口を出している時点でわりとアウトだろ」

「でも、私としては助かってますよ。さっき神界に行った時も、ご先祖さまの作ってくれたクリスタルのおかげで神樹を守れましたし」

「うんうん。ぜんぜんアウトじゃないよね。むしろセーフだよ」

私の言葉に続いて、テラリス様が頷（うなず）きながら告げます。

「ハルトくんの性格だったら、どれだけ生きてたって悪いことにはならないんじゃないかな」

「そう言ってもらえるのは嬉しいが、過大評価ってやつだな」

ご先祖さまは肩を竦めながら答えます。

「人間ってのはどこかで調子に乗る生き物だ。——今回はこれで大丈夫だったから、次はもうちょっと派手にやってもいいだろう。そんなふうに考えて、いつかトラブルを起こすんだ。分かりやすい例だってある。フローラ、カルナバル皇国のクーネルって街のことを覚えてるか」

いきなり話題が変わりましたね。

私はちょっと戸惑いつつも口を開きます。

「もちろんです。神界に繋（つな）がるゲートをご先祖さまが残してましたよね」

半年前、私はテラリス教の調査団とともにクーネルの遺跡を訪れました。

最深部にはご先祖さまが残した特殊な術式があり、その力によって私は初めて神界を訪れることになりました。

あれは本当にビックリしましたね……。

リベルとタヌキさんが一緒じゃなかったら、パニックを起こしていたかもしれません。

「冷静に考えてほしいんだが、他国の遺跡にこっそり忍び込んで、自分の子孫をいきなり神界に飛ばすゲートを勝手に作るとか、どう考えても頭がおかしいだろ」

「それは、まあ、確かに……」

遺跡にゲートがあったおかげで私たちは神界の危機を止めることができたわけですが、一歩引いた視点に立つなら、ご先祖さまのやったことって、他国の領土に不法侵入して、歴史的な建造物を勝手に荒しているわけです。

しかも、私が行方不明になったことで遺跡の調査はそのまま中止になっちゃいましたからね。

多方面に迷惑をかけていると言われたら、まったく否定できません。

「生前のオレは未来視を踏まえて、子孫たちのために色々なものを残そうとした。けど、やっているうちにどんどんエスカレートしていって——クーネルの遺跡にゲートを作ったところで、ハッと我に返ったのさ。さすがにやりすぎだ、ってな」

「自制できた、ってことですか」

「その時は踏みとどまれた。ただ、前にも言ったが、オリジナルのオレが持っていた未来視ってのはあんまり便利な代物じゃないんだ。こっちが望んでなくても未来の出来事を見せてくる。しかも、悪い光景がやたらと多いのさ」

ご先祖さまはため息を吐くと、一瞬だけ、疲れ切った老人のような表情を浮かべました。

「戦争だとか、天災だとか、そういうものに自分の子孫が巻き込まれるって分かっちまったら、見て見ぬふりなんてオレにはできない。たとえ同じ時代の連中に理解されなくても、何百年後の人間から憎まれることになっても、子孫のために何かしてやりたい。……そんなことを考えるヤツが不老不死だの、神様だのになっちまったら、いずれどこかで道を踏み外す。たとえば、弟神ガイアスがテスへの愛情を拗らせておかしくなったみたいにな」

「……だからキミは寿命を受け入れて、人間として死ぬことにしたんだね」

テラリス様は両眼を伏せると、ご先祖さまの言葉を噛み締めるように頷きました。

「答えてくれてありがとう。やっと、納得できたよ」

「そいつはなによりだ」

ご先祖さまは穏やかな微笑を浮かべて答えます。

「結局のところ、オレはナルシストなんだよ。ダサい自分になっちまうのが嫌だったのさ」

ご先祖さまの口調は冗談めかしたものでしたが、その言葉には強い信念が籠っているように、私には感じられました。

リベルがご先祖さまのことを「面白いヤツ」と感じたのは、こういう部分なのかもしれませんね。

「結局のところ、重要なのは自分がどうありたいか、ってことだ。……そういえばフローラ、もしもファールハウトの邪魔が入ってなかったら、リベルにどう返事するつもりだったんだ」

「ちょっと待ってください。いきなり話題が変わりすぎじゃないですか」

「そうでもないぞ。自分がどうありたいのかって話は、色々なところに関係してくるからな。おまえさん、自分がリベルのことをどう思っているのか、自分の中でうまく整理がついてないだろ」

ご先祖さまは私のほうをまっすぐ見据えながら言葉を続けます。

「この気持ちは恋愛なのか、それとも親愛や友愛のようなものなのか。考えれば考えるほど分からなくなってきて、頭の中がグルグルしてくる。そんなふうに悩んでいるんじゃないか？」

「ええ、まあ」

私は曖昧に頷きましたが、胸の中は驚きでいっぱいでした。

なにせ、リベルと会う直前の私は、ご先祖さまが言った通りの内容で悩んでいましたから。

「どうして分かったんですか」

「年の功ってヤツだ」

ご先祖さまはニヤリと口の端を吊り上げて笑います。

「おまえさんよりはずっと長生きしているからな。結婚もして、家庭を持ったことだってある」

まあ、それはそうですよね。

ご先祖さまが生涯独身だったら、ナイスナー家は存在していませんから。

「若いころのオレもそうだったが、おまえさんは自分自身のことを後回しにするタイプだからな。たぶん『リベルの気持ちにどう応えるべきか』なんて問いを立てて、延々と考え込んでいたんじゃないか」

「ダメでしょうか」

「一概に悪いとは言えないが、人生の先輩としてアドバイスさせてもらうなら、アプローチの角度を変えるべきだな。自分がどうありたいか。――この場合は『自分はリベルにとってどんな存在になりたいか』ってところだな。そいつを考えてみたらどうだ」

私はリベルにとってどんな存在になりたいか。

問いの形を変えただけといえばその通りですが、今までに比べると考えやすくなったようにも思えます。

「言葉遊びみたいなもんだが、恋人のような存在になりたいなら恋愛感情だし、親友のような存在になりたいなら友愛や親愛ってところだ。目的地に着くまではまだ少しだけ時間があるし、ちょっと考えてみな」

「ありがとうございます。……でも、これって敵の本拠地に乗り込む直前に考えておくことでしょうか」

「もちろん」

ご先祖さまは確信に満ちた表情で頷きます。

「オレの予想が正しけりゃ、おまえさんが自分の感情に答えを出せているかどうかが、リベルを救出する時に重要になってくるだろうな」

＊　＊

途中からは私とご先祖さまばかりが喋(しゃべ)っていましたが、この場にはテラリス様も一緒にいるんですよね。

しかもテラリス様はリベルのお母様なわけで、そんな相手がすぐ目の前にいるのに私は「リベルをどう思っているのか」とか「どんな存在になりたいのか」なんて話をしていたんですよね……。

「いやー、面白い話だったよー。フローラちゃんは可愛いね。うりうりー」

「うう、忘れてください……」

「無理だねー。しっかり聞いちゃったもんねー。そうやって物事を真剣に悩めるのは若い子の特権だから羨ましいよー」

「だな。年を取ると経験が増えるぶん、拗らせやすくもなるからな」

肩を竦めながらご先祖さまが頷きます。

「オレの予想が正しけりゃ、シークアミルのやつはめちゃくちゃ面倒くさいヤツになってるだろうな。なにせ、三〇〇年も生きてるんだ」

「確かに、厄介な人ではありますね」

首都ハルスタットに幻霧竜（メリユジウス）を送り込んできたり、テラリス様を誘拐したり、楽しいバーベキューに乱入してきたり――

「ご先祖さまはシークアミルと知り合いなんですよね。元々はどういう人だったんですか」

「なかなか難しい質問だな」

ご先祖さまは数秒ほど考え込んでから、さらに言葉を続けます。

「海の聖女シミアのことは知ってるか。ほら、テラリス教の聖女の」

「三〇〇年前の方ですよね。確か、シークアミルが女装した姿だったとか」

「ああ。アイツはもともと古代魔法の研究者で、いろいろと成果を出していたんだ。基本的にはマジメで優秀なんだが、時々、とんでもないことをやらかして周囲を驚かせていたよ」

「ハルトくんと似たタイプってことかな」

「そうかもしれないな」

テラリス様の言葉に、ご先祖さまが頷きます。

「ただ、シークアミルはストレスを自分の中に溜め込むタイプだった。もしかしたら、アイツなりに思い悩んでいることがあって、そこをファールハウトに付け込まれたのかもな」

「心当たりってありますか」

「さすがにオレも見当がつかないな。まあ、どんな理由があろうとも、オレの子孫やリベルに迷惑をかけている時点でアウトだ。見つけたらボコボコにしてやるさ。ついでにファールハウトもぶっ飛ばしたいところだな」

「今回の目的はあくまでリベルの救出ですよ。忘れないでくださいね」

「分かってるさ。とはいえ、どこかでケリをつけたほうがいいだろうな。そうじゃないと、あいつら、いつかまたちょっかいを掛けてくるぞ」

「そもそも、ファールハウトを放っておいたら神界も人界も滅ぼされちゃうもんねー。でも、そのあたりはわたしたち神族が頑張って対処するところかな？　もちろん、高位神族の血が流れているフローラちゃんが手を貸してくれたら心強いけど」

確かにファールハウトは放置していい存在ではありませんし、私の力が必要なら喜んでお手伝いするつもりです。

……と、答えようとした矢先のことでした。

ガンッ！　ガガガガガッ！

突然の轟音（ごうおん）とともに、船内が激しく揺れました。

私はソファの左側にある肘置きを両手で掴みつつ、転げ落ちないように踏ん張ります。

ご先祖さまとテラリス様はそのままの姿勢を崩すことなく、油断のない表情で周囲を見回しました。

「来たか」

「まあ、すんなりと本拠地に入れてくれるわけがないよね」

どうやらこの事態は二人にとって予想済みだったようですね。

私自身も、やっぱり、という気持ちがあります。

ファールハウトたちにしてみれば、私たちがリベルを奪還に来るのは予想できているはずですから、妨害を仕掛けてくるのは当然と言えば当然でしょう。

「きんきゅうじたいはっせい！　きんきゅうじたいはっせい！」

「ふねにそんしょうはないよ！　でも、げーとがふあんていになってるよ！」

「このままのそくどだと、もくてきちにたどりつけないかも！」

ネコ精霊たちが次々にやってきて、私たちに状況を報告してくれます。

「うーん、ちょっとマズい状況かもね」

テラリス様が眉を顰めながら呟きます。

「敵はこのゲートそのものを外から攻撃しているみたい。このままだと壊れちゃうかも」

「その場合、私たちはどうなるんですか」

「崩壊に巻き込まれて、船と一緒にドカン！　かな」

「要するに死んじゃうってことですよね」

「大正解」

パチン、と指を鳴らしてテラリス様が頷きます。

状況としては絶体絶命といったところですが、表情にはまだ余裕が浮かんでいます。

「ただ、相手の攻撃が届くってことは、本拠地のすぐ近くに来ている証拠だよ。というわけで、全速力で突っ切っちゃおう」

「要するに強行突破ってことですか」

「そういうこと。じゃ、ネコ精霊のみんな、よろしくねー」

「はーい！」

「わたあめえんじん、おーばーどらいぶ！」

「つうじょうのさんびゃくばいのそくどですすむよ！」

三〇〇倍⁉

そんなスピードが出せるんですか⁉

さすがに冗談ですよね？

私が目を丸くしていると、横にいたご先祖さまがニヤリと笑って言いました。

「実はさっき、船のエンジンを改造させてもらった。理論上、三〇〇倍は出せるぞ」

「それ、船のほうが持たないんじゃないですか」

「一〇秒くらいで自壊するだろうな」

「ダメじゃないですか！」

私は思わず大声でツッコミを入れていました。

敵の攻撃から逃れるためにスピードを出す、そこまではいいんですけど、スピードを出してしまったせいで船が壊れるのであれば意味がありません。

「安心しろ、対策は考えてある」

ご先祖さまはそう言うと、ピシッと私を指差しました。

「おまえさん、【リペアリング】が使えるだろ。そいつを船に掛け続ければいい。壊したそばから修復すればノープロブレムだ」

解決策にしては強引すぎませんか⁉

とはいえ代替案も思いつかないので、ここはやるしかないみたいですね。

さあ、本気を出していきましょうか。

私はご先祖さまやテラリス様とともにカフェを出ました。

敵の攻撃は続いているらしく、廊下を進んでいるあいだにも何度か船が激しく揺れました。

急いだほうがよさそうですね。

早足で甲板に向かうと、そこには大勢のネコ精霊たちが走り回っていました。

「さいだいせんそくをだすよー！」

「すりるまんてん！　れーるのないじぇっとこーすたー！」

「わたあめをいっぱいもやして、わたわた！　おおあわてですぴーどあっぷ！」

そういう原理なんですか⁉

……まあ、ネコ精霊の言うことなので話半分に聞いておくのがいいのかもしれません。

私は気を取り直して、腰のベルトからローゼクリスを抜き、両手で握りしめます。

「ローゼクリス、力を貸してください」

「もちろんだよ。おねえちゃん」

先端部の水晶玉がピカピカと光を放ちます。

「状況は把握しているよ。おねえちゃんの《リペアリング》をボクの力で船全体に増幅すればいいかな」

さすがローゼクリス、話が早くて助かります。

私は頷くと、意識を集中させます。

魔力を練り上げ、魔法を発動させました。

「《リペアリング》！」

直後、ローゼクリスの水晶玉を中心として、青白い光が広がりました。

光はどんどん大きくなり、やがて船全体を包み込みます。

「よし、これで準備オーケーだな」

ご先祖さまが私の近くに来て声を掛けてきます。

「かなり揺れるぞ。集中を切らすなよ」

「だいじょうぶ。わたしが支えるよー」

ぽん、ぽん。

テラリス様が両手を私の肩の上に置きました。

それから数秒の間を置いて、グン、と船の速度が上がりました。

ガガガガガガガッ！

揺れもさらに大きくなっており、気を抜くと転んでしまいそうです。

ゲートの内側にいる私たちからは見えませんが、敵の攻撃が激しくなっているのかもしれません。

私は両足にグッと力を入れて踏ん張ります。

「そくど、じょうしょうちゅう！」

「じゅうばいをとっぱしたよ！」

「にじゅう、ごじゅう、ひゃく！　……さんびゃく！」

船はあっというまに最高速度に到達しました。

あまりにも速すぎて、周囲の景色はただの線と化しています。

かつてないほどのスピードに船体も耐え切れず、あちこちが崩れ始めていました。

けれども私が《リペアリング》を発動させているため、すぐに元通りに修復されます。

「ははっ、大成功だ！　さすがだな、フローラ！」

ご先祖さまが興奮ぎみに声を上げました！

「おまえさん、回復と修復ならマジで超一流だな。オレ以上の天才だよ」

「褒めすぎですよ、ご先祖さま。ローゼクリスが手を貸してくれているおかげです」

「ボクはただ魔法の範囲を広げているだけだよ。こうやって船が無事なのは、おねえちゃん自身の実力だね」

「フローラが《リペアリング》を使っていなけりゃ、この船は一〇秒くらいでバラバラになっていただろうな。……いざという時はオレも手を貸すつもりだったが、この様子だと眺めているだけでよさそうだな。おかげで魔力を温存できそうだ」

「んー」

私の両肩を握っていたテラリス様が、ふと、考え込むような声を上げました。

「ハルトくん、フローラちゃんの《リペアリング》って解析できる？」

「オレに不可能はない。任せとけ」

「テラリス様、急にどうしたんですか？」

私が問いかけると、テラリス様は数秒の沈黙を挟んでからこう答えます。

「なんとなくだけど、これってホントに物を修復する魔法なのかな、って。神様としての感覚なんだけど、別の作用が混じっているような気がするんだよねー」

別の作用。

いったいどういうことでしょうか。

とても気になる話ですが、今は集中を切れさせるわけにはいきません。

私は大きく息を吸って、吐いて、魔法の維持に努めます。

「……解析完了だ」

早いですね。

私はご先祖さまの言葉に耳を傾けます。

「テスの予想通りだ。《リペアリング》は物質を修復する魔法だが、フローラ自身が生まれ持った力がそこに加わって、本来よりもずっと強い効果を発揮している」

「私自身の力って、いったい何ですか」

思わず、私は問いかけていました。

もちろん《リペアリング》はきちんと発動させたままですよ。

「時間の操作だ。おまえさんは無意識のうちに物体の時間を巻き戻して、本来の《リペアリング》じゃ修復できないものを修復しているんだよ。たぶん、他の魔法でも似たようなことがあったんじゃないか」

「おねえちゃんの《リザレクション》や《ワイドリザレクション》って、手足を無くした人も元通りにできたよね」

ふと、ローゼクリスが声を上げました。

「怪我（けが）をした直後ならともかく、古傷になっちゃったものを治せるのは本来の効果から外れているんじゃないかな」

「ああ、その通りだ」

ご先祖さまが頷きます。

そういえば《リザレクション》も《ワイドリザレクション》も元々は手記に書いてあった魔法で、編み出したのはご先祖さまなんですよね。

「その二つの魔法は新鮮な傷ならどんなものでも癒（いや）せるが、年月が経（た）ったものには効かない。もしも何年も前に失った手足が治っちまうとしたら、それはフローラ自身の力だ。たぶん、相手の身体に流れている時間を弄（いじ）っているんだろうな」

なんだかややこしい話になってきましたね……。

「まあ、今は適当に聞き流しておけばいい。いつか役に立つ瞬間が来たら、きっと思い出すだろうからな」

「そんなに都合よく思い出せますか」

「たぶん大丈夫だろ。なにせオレの子孫だからな」

ご先祖さまは自信たっぷりにそう言い切りました。

本当でしょうか……？

「フローラさま、報告だよ！」

私が首を傾（かし）げていると、足元でポンと白い煙が弾けました。

姿を現したのは、船長の帽子を被ったミケーネさんです。

「あと少しでゲートを抜けるよ！　到着だよ！」

どうやら間に合ったみたいですね。

正面に視線を向ければ、ゲートに入った時と同じような光の輪が遠くに見え――あっというまに目の前にやってきました。

実際にはレッドブレイズ号がものすごい速度で移動しているだけなんですけどね。

船はそのまま光の輪を潜り、ゲートの外へ飛び出しました。

本来ならここで周囲の景色をお伝えしたいところなのですが、スピードが速すぎるせいでマトモに何も見えませんでした。

「ぜんぽうにやまがあるよ！　このままだとぶつかるよ！」

「おもかじいっぱーい！　かいひ！」

「みんな、ふりおとされないでね！」

ネコ精霊たちの声が響いたかと思うと、グッ、と左に船が大きく傾きます。

チラリと視線を右に向ければ、岩山のようなものがすぐ横をかすめていくのが見えました。

どうやらギリギリで回避できたみたいですね。

「またやまだよ！」

「こんどはみぎ！」

「すりるまんてん！　まうんてん！」

続いて、右方向に船が傾きます。

今のところは無事に避けきれていますが、いずれ何かに正面衝突するかもしれません。

「スピードを落とせませんか⁉」

「ちょっとまってね！」

「とびだした、ふねがなかなか、とまらない！」

「ご、しち、ご！」


どうにか船が減速できたのは、それから三回ほど岩山にぶつかりかけた後のことでした。

「ううー。頭がクラクラするよー」

猛スピードでの蛇行に晒された結果、甲板にいたテラリス様はぐったりとした様子で縁にもたれかかっていました。

「フローラちゃんはだいじょうぶ？」

「ええ、平気ですよ。昔から乗り物酔いには強かったんです」

「うーん、乗り物酔いってレベルじゃないような……」

「さすがだなフローラ。オレの子孫だけのことはある」

ご先祖さまはニヤリと笑みを浮かべると、周囲をぐるりと見回します。

「さて、ここがヤツらの本拠地か。なんつーか、寂れてるな」

「というか、滅びてますね」

レッドブレイズ号は現在、ゆっくりとした速度で地表近くを飛んでいます。

あたりには荒野がどこまでも広がっており、文明の痕跡と思しき廃墟がところどころに点在しています。

遠くに見える山々には植物などまったく生えておらず、地肌が剥き出しになっていました。

生命の息吹というものがまったく感じられない、あまりにも寂しい光景です。

「ここって、もともとはジュダスが創造して、管理していた世界なんでしたっけ」

「うん。ジュダスが自分の手で滅ぼしちゃったみたいだけどね」

テラリス様は痛ましげな表情を浮かべて答えます。

「神王のおじーちゃんに聞いた話だけど、他の神族が作った世界よりも発展が遅いことにイライラして、あっちこっちに隕石を落としたんだって。……自分が生み出した世界にそんな暴力を振るうなんて、最低だよ」

「そんなろくでなしが作って潰した世界に、ろくでなしの親玉が潜んでるってわけだな」

ご先祖さまの言う「ろくでなしの親玉」とはファールハウトのことでしょう。

この世界のどこかに隠れているという話ですが、いったいどんな姿なのでしょうか。

世界を滅ぼすことそのものが目的の存在らしいですし、おとぎ話に出てくる悪魔のような、いかにも邪悪な見た目かもしれませんね。

ともあれ、私たちは無事（?）に目的地へ到着しました。

リベルを救出するには、まず、詳しい居場所を突き止めねばなりません。

というわけで――

「イズナさん、出番ですよ」

「ええ、お任せください」

ポンと白い煙が弾けて、イズナさんがすぐ近くに現れます。

「同じ世界にいるのであれば、リベル様の気配を探ることは可能です。しばしお待ちを」

以前、イズナさんはシークアミルに誘拐されたテラリス様の居場所を突き止めてくれました。

その探知能力は精霊の中でもずば抜けていますし、今回もアテにしたいところです。

とはいえ、ファールハウトやシークアミルが何らかの妨害を仕掛けている可能性もありますから、時間が掛かるかもしれませんね。

「リベル様の居場所が判明しました」

「早いですね⁉」

私はびっくりして思わず大声を出していました。

「ワタシも驚いています。方角としてはあちらですね」

イズナさんは困惑の表情を浮かべつつ、左前方を指差します。

「敵はリベル様の居場所を隠そうとはしていないようです。……罠があるかもしれません」

「だろうな」

うんうん、と頷きながらご先祖さまがこちらにやってきます。

「ただ、相手にしてみればリベルを攫ってから一日も経たないうちにオレたちが本拠地に乗り込んできたんだ。万全の状態で待ち構えているわけじゃねえだろうし、罠があろうとも、強引に突破しちまえばいいのさ」

「ハルトくんのそういうとこ、相変わらずだねー」

テラリス様はクスッと笑った後、イズナさんが指を指している方向……左前方に視線を向けました。

「んー。これは来るかな」

「ああ、さっそくお出迎えみたいだな」

二人は何の話をしているのでしょう。

答えはすぐに分かりました。

遥か遠くの空から、無数の黒い影がこちらに迫っていたのです。

「フローラさま、敵襲だよ！」

双眼鏡を手にしたミケーネさんがこちらに駆け寄ってきます。

「ワイバーンの大群が向かってきたよ！」

「迎え撃ちましょう。こちらの戦力はどうなっていますか」

「ネコ空軍がいつでも出られるよ！」

「分かりました。全力でやっつけちゃってください」

「あいあいさー！」

ミケーネさんは私に向かってピシッと敬礼をすると、くるりと背後を向きました。

いつのまにか甲板にはパラソルを持ったネコ精霊たちが大きなカラスを連れて整列していました。

「ネコ空軍、出撃だよ！」

ミケーネさんが他のネコ精霊たちに向かって号令を掛けます。

「おうさま救出作戦、開始！」

「がんばるぞー！」

「わいばーんなんかまるやきにしてやるー！」

「きょうのばんごはんだー！」

魔物を食べるのは身体に悪そうですし、やめておいた方がいいですよ。

とはいえ、きっと冗談で言っているだけでしょう。

ネコ精霊たちは武器であるパラソルを抱えると、カラスに乗って一匹、また一匹とレッドブレイズ号から飛び立っていきます。

総数はおよそ二〇〇〇匹を超えており、かなりの大戦力です。

「ワイバーンはネコ精霊たちに任せておけば大丈夫そうだな」

ご先祖さまは前方に視線を向けながら呟きます。

「それにしても懐かしいな。あのワイバーンども、三〇〇年前にガイアスが使役していたやつらにそっくりじゃないか」

「以前、シークアミルのコピーが言っていましたけど、ファールハウトたちはガイアスを封印して力だけ奪い取ったみたいです。だから――――」

「連中はガイアスの力を使って魔物を生み出してるってことか。まあ、今のところは大丈夫そうだな」

「だねー。ネコ精霊のみんな、頑張れー！　やっちゃえー！」

テラリス様の声援のおかげ……かどうかは分かりませんが、戦況はこちらの圧倒的優勢で進んでいました。

ネコ精霊たちはカラスを華麗に乗りこなしつつ、手にしたパラソルを投げ槍のように投げつけ、次々にワイバーンを撃ち落としていました。

「ぱらそるみさいるー！」

「せいれいそうこから、あたらしいぱらそるをほきゅう！」

「きょうのために、たくさんすとっくしておいたよ！」

この調子ならリベルのところにすんなりたどり着けそうですね。

「あんまり油断するなよ、フローラ」

ご先祖さまは身体をほぐすように両腕を回したり、屈伸運動をしながら私に告げます。

「どうせワイバーンは見せ札だ。オレたちが気を抜いたタイミングで別動隊が来るぞ。たぶん、上からだな」

「どうして分かるんですか。もしかして未来視とか」

「いや、ただのカンだよ」

つまり根拠はないってことですね。

苦笑しつつ、私は視線を上に向けました。

その矢先のことです。

ちょうど船の真上に当たる空がぐにゃりと歪み、三日月の形に割れました。

それはまるで巨大な怪物の口のようにも見えます。

『口』の内側は漆黒の霧に覆われており、ひどく不気味な雰囲気を漂わせています。

それが何なのか、私はすでに知っています。

世界の傷。

きっとシークアミルがガイアスの力を使って生み出したのでしょう。

「ほら、予想通りだ」

ご先祖さまがニッと得意げな笑みを浮かべます。

世界の傷はさらに大きく広がり、その中から少しずつ巨大なものが姿を現しつつありました。

それは漆黒の鱗と翡翠色の瞳を持つ、禍々しい竜です。

……見覚えがありますね。

ドラッセンの街が完成したばかりのころ、これとまったく同じ姿の竜と戦ったことがあります。

あのときは、ガイアスに魅入られたクロフォードが召喚したんでしたっけ。

「へえ、こりゃまた懐かしいものを出してきたな。黒竜じゃないか」

「ご先祖さまも知っているんですか」

「三百年前、リベルと一緒に討伐したことがある。倒し方は分かるか？」

「まずは世界の傷を浄化するんですよね。私が《ハイクリアランス》を使います。時間を稼いでもらえますか」

「任せろ……と言いたいところだが、今回はパスだ」

「えっ？」

「目には目を、歯には歯を、そして竜には竜だ。ぶっつけ本番だが、まあ大丈夫だろ」

「――フローラおねえさん、お待たせしました！」

バン！

船内に続くドアを勢いよく開け、甲板に飛び出してきたのはノアでした。

大急ぎでここに来たらしく、ぜいぜいと肩で息をしています。

「ノア、修業は終わったみたいだな」

「はい。自分がどんな竜になって、何をしたいのか。イメージがしっかり掴めました」

ノアはそう答えると、私のほうに視線を向けます。

「リベルにいさんはフローラおねえさんのことを大切に思っていました。僕は、にいさんの大切なものを守りたい！　見ていてください！」

ぐっ、と。

ノアは両手を固く握って胸の前に持ってくると、意を決したように走り出しました。

甲板の手すりの縁に手をかけ、勢いよく外へ飛び出します。

直後――

ノアの身体を包むように閃光がパッと弾け、その姿が変化しました。

人から、大きな竜へ。

「ガァァァァァァァァァッ！」

頼もしい咆哮と共に翼を広げます。

その鱗は、ノアの髪と同じく澄んだ翡翠色でした。

「きれい……」

私は思わず感嘆のため息を零していました。

そのすぐ横では、

「ノアちゃん、ちゃんと竜になれたね」

と、テラリス様が安心したような表情で呟いていました。

「あの子、普段は表に出さないけど、竜になれないことをずっと気にしてたの。……これで大丈夫かな」

「ガウッ」

ノアはチラリと私たちの方を向くと、小さく頷きました。

それから大きく翼を広げて羽搏くと、一気に上昇します。

黒竜が世界の傷から完全に出てきたのは、ちょうどそのタイミングでした。

「ガァァァァァァァァァァァァッ！」

「グゥゥゥゥゥゥゥゥゥオオオオオオオオッ！」

二匹の竜は互いに睨(にら)み合(あ)い、激しい雄叫(おたけ)びをぶつけ合います。

轟音(ごうおん)が鳴り響き、空気が激しく震えます。

「あっちはノアに任せておけばいい。竜になったばかりだが、負けることはないだろうよ」

ご先祖さまは上空に視線を向けると、確信に満ちた口調で言い切りました。

「さて、ぼんやり観戦している場合じゃないぞ。フローラ、世界の傷をさっさと消しちまおうぜ。浄化魔法はおまえさんのほうが得意なんだ。任せていいか」

「もちろんです。見ててください」

私は頷くと、首に掛けていたクリスタルを握ります。

このままだと《ハイクリアランス》は使えませんからね。

リベルに王権を貸してもらうか、神様モードになる必要があります。

というわけで――

「――《神化(テオーシス)》」

呪文を唱えると、クリスタルから光が広がりました。

首元がポカポカと温かくなり、さらに手足へと熱が広がっていきます。

身体が作り替わるような感覚とともに光が強くなり、やがてフッと消え去ります。

背中に視線を向ければ、肩の付け根から一対の白い翼……神翼が生えていました。

どうやら無事に神族になれたようです。

全身に力が満ち、今なら何でもできそうな気がしてきます。

「実際に見るのは初めてだが、なかなか決まってるな」

ご先祖さまがニッと笑みを浮かべます。

「それじゃあフローラ、世界の傷はよろしく頼んだ。さて、オレはちょっと悪だくみをさせてもらうか。テス、ミケーネ、イズナ、タヌキ、耳を貸してくれ」

「んー？　何かなー？」

「呼ばれた気がするよ！」

「ご用事でしょうか」

「おしごとー？」

ご先祖さまの呼びかけに答えて、ポン、ポン、ポンと白い煙が三つ弾け、ミケーネさん、イズナさん、タヌキさんが姿を現します。

悪だくみって、何をするつもりなのでしょう。

「おねえちゃん。ボクたちは世界の傷に集中しよう」

確かにローゼクリスの言う通りですね。

まずは自分の仕事をきっちりとやり遂げましょう。

私は意識を集中させました。

第四章　激突ですよ！

「遥か遠き地より来たりて邪悪を祓え。導く光、照らす光、聖なる光。——《ハイクリアランス》」

フローラの詠唱が終わると同時に、ローゼクリスの先端部にある水晶玉が眩く輝き、浄化の光が放たれた。

光はフローラを中心としてレッドブレイズ号全体を包み込み、さらに大きく広がって天空に届き、世界の傷を飲み込んだ。

もしここにリベルがいたならば、その輝きが普段の何十倍も眩くなっていたことに気付いただろう。

「こいつは強烈だ。何も見えやしない」

閃光の中で呟いたのはハルトである。

その口元には、少年のような悪戯っぽい笑みが浮かんでいる。

「オレのカンが正しけりゃ、そろそろ来るかい」

ハルト・ディ・ナイスナーは天才的な魔術師にして錬金術師と言われている。

ただ、本人はその呼び名をさほど重要視していない。

周囲が勝手に言っているだけ。

生まれつきの才能を鼻にかけて調子に乗るのはカッコ悪いし、自分にとってはどうでもいい。

要するに――男のやることじゃない。

ハルトは昔からずっとそう考えている。

彼が誇りに思っているのは、人間の身でありながら全盛期の弟神ガイアスと真正面から衝突し、死線を潜り抜けた末に封印を成し遂げた経験だ。

その経験から導かれる直感を何よりも信じていた。

ゆえに――


《ハイクリアランス》によって世界の傷が消滅し、こちらの気が抜けた一瞬を狙ってシークアミルが直々に奇襲を仕掛けてきた時、ハルトは誰よりも先に動くことができた。


空間がグニャリと歪み、そこからシークアミルが姿を現した。

その右手には黒く禍々しいオーラを纏っており、ニヤリと悪魔のような笑みを浮かべてフローラの首を掴もうとした。

「読み通りだな」

しかしハルトは素早く二人の間に割り込むと、シークアミルの一歩踏み込んだ左足を払いつつ、両肩を掴んでその場に投げ倒していた。

柔道の技のひとつ、出足払い……を彼なりにアレンジしたものである。

「まずは一本、ってな」

ハルトは得意げに笑みを浮かべつつ、腰の剣を抜き放つ。

ライアスから借り受けた剣である。

その切っ先をシークアミルに向けた。

「言い残すことはあるか？」

「やはり読まれていたようだね。だけど――」

シークアミルが言い終えるより先に、ハルトは剣を振るい、その首を刎ねた。

直後。

シークアミルの姿が、ドン、と黒い煙となって消えた。

ハルトの視界が完全に遮られる。

その隙を突くように再び空間が歪み、本物のシークアミルが現れる。

先程、ハルトによって首を刎ねられたのは目晦ましのための偽者だった。

「僕のほうが一枚上手だったようだね」

シークアミルは勝利を確信しきったように口の端をニタリと吊り上げると、今度こそ、黒く禍々しいオーラを纏った右手でフローラに触れた。

その時である。

ポン、と白い煙が弾けてフローラの姿が消えた。

「ぼくだよー」

煙の中から現れたのはタヌキだった。

魔法を用いて、フローラに変身していたのである。

「今です！　捕まえちゃってください！」

続いて、まったく別の場所からフローラの声が響いた。

「みんな、いくよー！」

「えい、えい、おー！」

「であえであえー！」

「おとなしくおなわにつけー」

ミケーネを筆頭として、ネコ精霊たちが一斉に動いた。

シークアミルに飛び掛かると、その身体をあっという間に縄で縛り上げていた。

＊　＊

どうやらうまくいったみたいですね。

私の目の前では、シークアミルが縄でグルグル巻きにされて甲板に転がされています。

「はんにん、かくほー！」

「げんこうはんでたいほしました！」

「ざいじょうは、たすうのゆうかい！　ゆうかいまめー！」

言われてみればシークアミルって誘拐魔ですよね。

神界にいたテラリス様を連れ去ったり、バーベキューをしていたテラリス様と私を異空間に拉致してドラゴンローズをけしかけてきたり、さらに今回はリベルの誘拐にも関与しています。

さて。

何がどうなっているのか説明しましょうか。

といっても、話はすごくシンプルなんですけどね。

《ハイクリアランス》の閃光に紛れてタヌキさんが私に化け、素早く場所を入れ替わっていたのです。

私自身はちょっと離れたところに移動し、ネコ精霊たちに埋もれて息を潜めていました。

……改めて考えると、なんだかシュールな光景ですね。

ともあれ、無事にシークアミルを捕まえられたのでヨシとしましょうか。

「大成功だ。ありがとな、フローラ」

ご先祖さまが私のところにやってきて呟きます。

「おかげでシークアミルのやつを返り討ちにできた」

「いえいえ、私は何もしていませんよ」

これは謙遜ではありません。

シークアミルが乗り込んでくることを予想したのも、捕まえるための作戦を考えたのもご先祖さまですからね。

「そんなことはないさ。おまえさん、《ハイクリアランス》をわざとハデにしてただろ。目眩ましになるようにな」

「ええ、まあ」

私が魔法を詠唱しているあいだ、ご先祖さまはテラリス様や精霊たちとなにやらヒソヒソ話をしていました。

会話の内容は聞こえてきませんでしたが、シークアミルが奇襲を仕掛けてくるとしたら私が《ハイクリアランス》を使った直後でしょうし、ご先祖さまならそれを逆手に取って罠を仕掛けそうな気がしたので、お手伝いのつもりで《ハイクリアランス》の輝きを普段よりも大きくしたのです。

「魔法を使った後、ちょっと離れた場所でネコ精霊たちの中に隠れてくれたのも助かったな。おかげで、シークアミルのやつはタヌキが化けたほうに向かっていってくれた」

ほっ。

実のところネコ精霊たちに埋もれていたのは私のアドリブでしたが、ちゃんと役に立っていたようでよかったです。

私が安堵のため息をついていると、ご先祖さまは右手に持っていた剣をシークアミルの方に向けました。

「そういうわけで、おまえさんはまんまと罠に引っかかったわけだ。気分はどうだ、シークアミル」

「まずは見事、と言っておこうか」

完全に拘束された状態でありながら、シークアミルは余裕ぶった口調で答えます。

「しかし、手足を縛り上げたくらいで調子に乗ってもらっては困る。僕がその気になれば、いつでも抜け出せる」

「だったらやってみせてくれよ」

「もちろんだとも。実演しよう」

ご先祖さまの煽るような言葉に応じて、シークアミルが頷きます。

その全身から黒いオーラが立ち上り——

ジュッ。

熱された岩石に水が掛かった時のような音が響いたかと思うと、黒いオーラは霧散していました。

「……なに？」

戸惑ったようにシークアミルが呟きます。

その表情からは先程までの余裕が消え失せつつありました。

「闇の力が使えない？　バカな……」

「こいつは戦争の鉄則なんだが、実戦に投入した技術はいずれ相手に解析されてやり返されるものなのさ。おまえさんたちがリベルを誘拐した時に使った鎖があるだろ。ほら、巻き付いた相手の力を奪うやつだ。あれをパクらせてもらった」

ご先祖さまはそう答えながら、私たちから見て前方、シークアミルにとっては視界の外となる背後を指差しました。

そこにはテラリス様が立っており、右手にはシークアミルを縛り上げた縄の端っこを握っています。

「悪いけど、キミの力は抑え込んでるよー」

「この縄はおまえさんたちが使っている闇の力を抑え込むことができる。大急ぎで作ったから、神族が神力を注いでおく必要があるけどな」

「……くっ」

シークアミルがギリ、と歯噛（はが）みします。

「グゥオオオオオオッ！」

頭上で勇ましい咆哮（ほうこう）が響いたのはその時でした。

視線をそちらに向ければ、ちょうど、翡翠（ひすい）色の竜……ノアが黒竜にものすごい勢いで体当たりを仕掛けたところでした。

黒竜はその衝撃で弾（はじ）き飛（と）ばされ、地面へと墜落していきます。

「ガァアアアアアアアッ！」

一方でノアは翼を大きく広げると、咆哮と共に顎を開き、白銀の熱線を放ちました。

――《竜の息吹（ドラゴンブレス）》。

リベルのものに勝るとも劣らない光の奔流が黒竜を飲み込み、塵（ちり）ひとつ残さずに消滅させます。

すでに世界の傷は《ハイクリアランス》で消滅しており、黒竜が再生することもありません。

「ガァッ！」

ノアは勝ち誇るように鳴き声を上げると、私の方を見てパタパタと翼を動かしました。

人間で言うなら、手を振る動作にあたるのでしょう。

私もノアの方を見上げて、右手を大きく振ります。

「グァッ！」

嬉しそうな声が聞こえてきました。

竜になって初めての手柄ですから、ノアとしては誇らしい気持ちでいっぱいなのでしょう。

私は微笑ましい気持ちになりつつも、表情を引き締めて周辺を見回します。

すでにワイバーンの群れは駆逐されつつあり、ネコ空軍の皆さんはそのまま周辺の警戒に当たっています。

私の身代わりを務めてくれたタヌキさんは緊張が抜けたのか、その場でくたーと寝転がっており、ミケーネさんにマッサージされています。

ともあれ――

状況は一段落したようですし、シークアミルの尋問に移りましょうか。

「貴方に聞きたいことがあります。どうして私を攫おうとしたんですか」

「素直に答えると思うかね？」

「いいえ」

そこは最初から期待していません。

でも、尋問というのは相手が口を閉ざしていても成立します。

こちらの言葉に対してのどのような反応をするか。

表情の変化から情報を読み取れる心強い味方が、私のすぐそばにいます。

「ワタシの出番でしょうか」

イズナさんがすぐ近くにやってきて、小声で告げました。

私は視線だけ向けて頷くと、シークアミルに向かって言います。

「以前、貴方のコピーを尋問した時に分かったことがあります。ファールハウトに従っているのは、ご先祖さまを蘇(よみがえ)らせたいからですよね」

「なんのことやら」

とぼけたようにシークアミルが答えます。

「君が何を言っているのか、まったく理解できないね」

私は突き放すように告げて、イズナさんにチラリと視線を送ります。

「そうですか」

（わずかですが、シークアミルは動揺しているようです。いえ、動揺を抑え込もうとして表情にこわばりが出ている、と言うべきでしょうか）

頭の中に声が響きました。

イズナさん、こんなこともできたんですね。

（フローラ様が神族になっている影響で、ワタシの能力も増幅されているようです。ともあれ、ここは強気に踏み込むところでしょう。発言の内容は当てずっぽうで構いませんので、相手に揺さぶりをかけてください）

分かりました、やってみますね。

私は頷くと、頭の中で推測を組み立てながら口を開きます。

「これはご先祖さまが言っていたことなんですけど、私の《リザレクション》や《リペアリング》は普通よりも効果が高いみたいなんです。確か、時間を操作しているとかなんとか」

「おまえさんは魔法を使う時、対象の時間を無意識に巻き戻しているんだ」

私の言葉を補足するようにご先祖さまが告げます。

「さっきの《ハイクリアランス》もただの浄化魔法じゃない。ちょっと解析してみたが、世界の傷そのものを『存在する以前の状態』に戻して消滅させていた。どうしてそんなことができるのかって言えば、たぶん、おまえさんの身体に流れている高位神族の血が関係しているんだろうな」

「ほう」

シークアミルは驚いたように声を上げました。

「肉体を得てからそう時間も経っていないだろうに、そこまで見抜くとはさすがだね。残留思念とはいえ、ハルトであることには変わりないようだ」

「その口ぶりだと、オレがどういう存在なのかは把握しているみたいだな」

「もちろんだとも。君たちの動向には常に注目しているからね」

シークアミルは饒舌な口調でそう答えると、視線を私に向けます。

「それにしても、君はつくづく予想外のことばかりしてくれる。リベルを取り返しに来ることは予想できたが、まさかハルトの紛い物を連れてくるとはね」

「ははっ、紛い物か。間違っちゃいないが、なかなかキツいことを言ってくれるな」

ご先祖さまは苦笑しながら肩を竦めます。

「それにしても、さっきまで黙り込んでいたくせに、随分とよく喋るようになったじゃないか。何か隠したいことでもあるのか」

「馬鹿馬鹿しい。下手な勘繰りはやめてもらおうか」

シークアミルは心の底から相手を見下したようなため息をつきました。

実際のところはどうなのでしょう。

時間の巻き戻しが話題になった途端、シークアミルはやけに挑発的な言動を始めました。もしかして私たちの気を逸らすためにわざとやっているのでしょうか。

（フローラ様の考えている通りで間違いないかと）

イズナさんの声が頭の中に響きます。

（時間の巻き戻しについて改めて言及してみてください）

こういう時、アドバイザーが傍にいると楽ですね。

私は頷きつつ、話の主導権を取り戻すために大きめの声でシークアミルに問いかけます。

「貴方たちが私を攫おうとしたのは、時間を操る力が目的なんじゃないんですか」

「そうかもしれないし、そうでないかもしれない。さて、どうだろうね」

（シークアミルは動揺を押し隠しています。おそらく図星なのでしょう）

ありがとうございます、イズナさん。

私は内心で感謝の言葉を述べつつ、頭の中でさらに推測を行い、口に出していきます。

「もしかして、貴方たちがこれまで起こしてきたトラブルは、私の身体に流れている高位神族の血を目覚めさせて、時間を操る力を引き出すためのものだったんじゃないんですか」

首都ハルスタットにメリュジウスを送り込んできたことに始まり、バーベキューでの拉致、世界樹が生まれるきっかけとなったノーザリア大陸の危機――。

改めて考え直すと、まるで私を育てるように課題が配置されていたようにも感じられます。

……って、さすがにこれは考えすぎでしょうか。

「ずいぶんと妄想がたくましいね。歌劇の脚本でも書いてみたらどうだい。客など誰も来ないと思うがね」

ものすごい罵倒が飛んできましたね……。

ただ、余裕ぶった口調とは裏腹に、シークアミルの表情が一瞬だけこわばったように感じられました。

イズナさん、実際のところどうですか。

（シークアミルは冷静さを欠きつつあります。敵の思惑は、フローラ様の仰った通りなのでしょう）

マジですか。

我ながら強引な推理と思っていましたが、どうやら正解を引き当てていたようです。

ということは――

「貴方たちは最初から、私の持っている時間を操る力が目的だった。高位神族の血が目覚めるように誘導し、自分たちのものにする。今回、私を攫おうとしたのはそういう意図だったんじゃないんですか」

例えるなら、果実の収穫のようなものでしょうか。

水や肥料を与え、大きく育ててから刈り取る。

今回、彼らが私を攫おうとしたのは、そういう思考に基づいてのものかもしれません。

「んー。でも、ちょっと引っ掛かることがあるんだよね」

シークアミルを縛る縄をギュッと握ったまま、テラリス様が声を上げました。

「ふんわりとした言い方になっちゃうけど、攫うにしても早すぎない？　今のフローラちゃんは高位神族の血が目覚め始めたばっかりだし、時間を操る力だって、魔法を発動させるついでに出てきているだけでしょ？　攫うならもうちょっと後でもよくないかなー」

「たぶん、世界樹が原因だろうな」

口元に手を当てて考え込みながら、ご先祖さまが告げました。

「世界樹が結界を張ったことで、ファールハウトたちはフローラの住む世界への手出しが難しくなった。だから、最初で最後の大博打として結界をぶち破って、おまえさんを攫おうとした……ってところか。どうだ、シークアミル。合ってるか」

「黙秘させてもらおう」

シークアミルは俯き、こちらに表情を見せないようにしながら答えます。

これはイズナさんに訊ねなくても分かりますよ。

ご先祖さまの推測がきっと正解なのでしょう。

「……む」

ふと、イズナさんが声を上げました。

険しい表情を浮かべ、前方に視線を向けています。

「イズナさん、何かありましたか」

「リベル様の気配が移動しています」

私の言葉に答えつつ、イズナさんは右前方を指差します。

「大きく旋回しつつ、こちらに近付いてきているようです」

「もしかして自力で脱出したんでしょうか」

「さすがリベルちゃん、やるじゃない」

「いや、どうだろうな」

テラリス様がぱあっと表情を明るくする一方で、ご先祖さまは難しい顔つきになっていました。

「ファールハウトにしてみりゃ、フローラがわざわざ自分の本拠地に乗り込んできてくれたんだ。ここで何としても捕まえてしまいたいだろうよ。……それこそ、手段を選ばずにな。となると、もっと悪い可能性も想定しておいた方がいい」

「リベルを人質、いえ、竜質に取って、私の身柄を要求してくる、ってことですか」

「かもな。あるいは――」

と、ご先祖さまが言いかけた時でした。

「おうさまだ！」

「おうさまがもどってきたよ！」

「でも、なんだかへんだよ！」

カラスに乗ったネコ精霊たちが、口々にそんなことを言いながら船の方に戻ってきました。

右前方に視線を向けると、一匹の巨大な竜が翼を羽搏かせつつ、こちらに接近しつつありました。

燃えるような瞳と、真紅の鱗。

リベルです。

ただ――。

なんだか不吉な予感がします。

「ガァッ！」

周辺の警戒に当たっていたノアも、どこか警戒したような鳴き声を上げました。

「やっぱりな」

ご先祖さまは肩を竦めます。

「あのリベルは敵だ。油断するなよ」

どういうことでしょうか。

反射的に問いかけそうになりましたが、同時に、ピンと来るものがありました。

敵に捕らわれていたはずのリベルが私たちのもとに現れた。

けれど、自力で脱出してきたわけじゃない。

　この事実から考えられる「悪い可能性」といえば――

「ファールハウトに操られているってことですか」

「それならまだマシなほうだな。そもそもの話、リベルは精霊王……精霊の中でも神族に近い存在だ。簡単に操れるようなもんじゃない」

　ご先祖さまは視線をシークアミルに向けます。

「なあ、シークアミル。ファールハウトはいまどこにいる。……もしかして、リベルに乗り移っているんじゃないか」

「相変わらずカンがいいね」

　どこか懐かしむような笑みを浮かべながらシークアミルが答えました。

「正解だよ。ファールハウトはリベルを依代にしてこの世に顕現している。いずれリベルの意志は消え去り、あの肉体はファールハウトのものになるだろう」

「待ってください」

　私は思わず声を上げていました。

「貴方とリベルは友達じゃなかったんですか？　リベルが消えてしまうかもしれないのに、どうしてそんな平然としていられるんですか」

「友達？　何を言っているのやら」

　軽い口調とは裏腹に、シークアミルは口の端を吊り上げ、ゾッとするような笑みを浮かべます。

「僕は彼を友と感じたことなど一度もない。あんなものはハルトの横を飛び回っているだけの目障りなトカゲだよ」

「本気で言っているんですか」

「もちろんだとも。僕にとっての友とはハルトのことだ。他の有象無象はどうでもいい。他者から理解されず、孤独を抱えていた僕にとって、彼は唯一の理解者だった」

そう語るシークアミルの口調はやけに湿っぽく、粘着質な執着を感じさせるものでした。

「だが、ハルトにとって僕は大勢のなかの一人に過ぎなかった。僕がせっかく不老不死の秘術についての研究を持ちかけたというのに、彼はそれに見向きもせず、普通の人間のように家庭を持ち、普通の人間のように年老いて死んでいった。嘆かわしい。ハルトならば不老不死を実現し、神族、いや、高位神族になる方法さえ見つけられたかもしれんというのに。……彼は選択を誤った。家族などを持ってしまったせいで判断力を鈍らせてしまったのだ。ゆえに、その誤りを僕は正さねばならん」

話が長いですね。

しかも、途中からは周囲が聞いているかどうかなどお構いなしに独り言を述べているような状態になっていました。

シークアミルは「他者から理解されず、孤独を抱えていた」と言っていましたが、本人の態度にも問題があったのかもしれませんね。

ただ、それを指摘したところで何がどうなるというわけでもありませんし、もっとほかに言いたいことがあります。

「シークアミル、貴方の話ってつまり『結婚した友達が構ってくれなくなって寂しい』ってことですよね」

「違う。そんな単純な話ではない。君のように周囲に甘やかされてきた人間には分からないだろう。僕の心はずっと昔から暗闇のような孤独に覆われていた。そこに差し込んできた光が――」

またも長話になりそうですね。

図星だからこそ必死に言い訳をしているのではないでしょうか。

……などと、私が考えた矢先のことです。

「ゴァァァァァァァァァァァァァァァァァッ！」

シークアミルの話を遮るように、激しい敵意の籠った咆哮が大気を震わせました。

それはリベルが発したものです。

炎のように煌々と輝く瞳は殺意を宿し、私たちを睨みつけています。

普段の彼ならばそんな視線を向けてくることなどありえません。

ファールハウトに乗り移られているせいなのでしょう。

「ははっ、おっかないな」

ご先祖さまは怯えた様子もなく、むしろ高揚感を滲ませた口調で呟きます。

「おいシークアミル、おまえさんの親分がお怒りだぜ。話が長すぎるってな」

「いや、ただの威嚇だと思うよ」

それまで口を閉じて私たちの話を聞いていたテラリス様が、やや緊張した顔つきで言いました。

「ハルトくん。リベルちゃんは助けられそう？」

「オレには無理だ。けど、フローラならできるかもな。……来るぞ」

えっ。

どうしてここで私の名前が出てくるのでしょう。

すぐにでも理由を説明してほしいところですが、それよりも先に状況が大きく動きました。

「グゥウウウウウウウオオオオオオオオッ！」

リベルが再び大きく雄叫びを上げたかと思うと、顎を大きく開きました。

その態勢は今までに何度も目にしたことがあります。

――《竜の息吹》。

大地を抉り、数々の魔物を消し飛ばしてきた破壊の熱線が私たちに向けられようとしていました。

「ガァアアアアアアアッ！」

ノアもまた対抗するように雄叫びを上げると、《竜の息吹》を放つ態勢に入りつつ、レッドブレイズ号を守るように前方に出ました。

先に放たれたのはリベルの《竜の息吹》でした。

白銀の熱線が私たちを飲み込もうと迫ってきます。

一瞬遅れて、ノアも《竜の息吹》を放ちました。

二つの閃光が空中で正面からぶつかり合います。

ただ、明らかにノアの方が劣勢でした。

じりじりと押されつつあります。

「あいつはまだ竜になったばかりだからな。さすがにリベルには勝てないか」

首をゴキゴキと鳴らしながらご先祖さまが呟きます。

「フローラ、ちょっと暴れてもいいか」

「えっ？　どうぞ」

「オーケー。昔の人間があんまり出しゃばるのもどうかと思うが、さすがに緊急事態だからな。派手にいくぞ」

ご先祖さまは私の言葉に答えると、船首の方に向かって歩き始めます。

「ネコ精霊たちはみんな後ろに引いてくれ！　巻き込まれたら大ヤケドするからな！」

いったい何をするつもりなのでしょうか。

「こいつは《竜の息吹（ドラゴンブレス）》を解析して、オレなりにアレンジした魔法だ。――《ドラゴンブラスター》」

直後。

ご先祖さまの右手のあたりに巨大な魔法陣が現れました。

魔法陣が高速で回転を始めたかと思うと、まるで《竜の息吹（ドラゴンブレス）》のような光の激流が放たれたのです。

光はノアの《竜の息吹（ドラゴンブレス）》に斜め後ろから加わると、一緒になってリベルの《竜の息吹（ドラゴンブレス）》を迎え撃ちます。

これで状況はようやく五分五分……いえ、わずかにリベルが勝っています。

「オレとノアの二人がかりでも抑え込めないか。マズいな」

ご先祖さまはそう言ってチラリとこちらを振り向きます。

「フローラ！　なんかいい感じにやってくれ！　このままじゃ押し切られちまう！」

ええっ。

さすがにそれは無茶振りというものではないでしょうか。

とはいえ――

何も思いつかないわけではありません。

ファールハウトに憑依されたリベルからは邪悪な気配が漂っています。

だったら、浄化魔法が有効かもしれません。

「おねえちゃん。いつでも行けるよ」

私の考えを察したのか、ローゼクリスが声を掛けてきます。

「ありがとうございます。全力をぶつけましょう」

浄化魔法だったらリベルを傷つける心配はありませんからね。

「ぼくも手伝うよ！」

ミケーネさんが私の頭にピョンと飛び乗ってきます。

この状態なら、神樹を浄化したあの魔法が使えますね。

私は意識を集中させると、ローゼクリスを高く掲げました。

「遥か遠き天より来たりてあらゆる邪悪を祓除せよ。導く星光、照らす月光、聖なる陽光。――《ハイパークリアランス・ビヨンド》！」

呪文を唱えると同時に、清らかな光がリベルを包みました。

その身体から黒い、禍々しい霧が立ち上り、少しずつ消えていきます。

「ファールハウトを浄化している……？　いや、発生する以前に戻しているだと」

シークアミルが驚いたように声を上げました。

「予想以上の力だ。これが手に入れば……」

手に入ったら、どうするつもりなのでしょう。

まあ、渡すつもりはありませんけどね。

「グヴゥゥゥウウウウオオオオオオオオオオオオッ！」

リベルが《竜の息吹》を吐きながら、これまでにないほど大きな雄叫びを上げました。

直後、その全身から漆黒の霧が大きく広がり、浄化の光を飲み込むようにして消し去っていきました。

「おねえちゃんの魔法でも浄化しきれないなんて……！」

ローゼクリスには珍しく、呆然とした声色で呟きました。

私も内心で驚いてはいましたが、それよりも対応すべき事態が目の前に迫っていました。

リベルの熱線が黒く染まったかと思うと、一気に勢いを増してこちらへ迫ってきたのです。

「ノア、逃げてください！」

私は咄嗟に叫んでいました。

このままだと、黒い熱線は最初にノアに直撃します。

とても無事でいられるとは思えません。

「グゥゥゥオオオオオッ！」

けれど、ノアは一瞬だけこちらを見ると、むしろ船を庇うように翼を広げてさらに前に出ました。

「ノアちゃん、ダメ！」

テラリス様の悲痛な叫び声が響きます。

私はこのまま見ていることしかできないのでしょうか。

……お母様を亡くした、あの時のように。

久しぶりに、かつての光景が頭をよぎります。

押し寄せる魔物の群れと、私を逃がすために一人で戦うお母様。

私が深く後悔し、回復魔法を本気で習得するきっかけとなった出来事——。

あんな思いは、もう二度としたくありません。


ドクン。

私の気持ちに応えるように、身体の中で何かが大きく脈打ちました。

同時に、カアッと熱のようなものが胸のあたりを中心にして全身に広がっていきます。

高位神族の血が、さらに強く活性化している。

直感的にそう理解できました。

私に時間を操る力があるというのなら、たとえばノアを飲み込もうとする熱線を止めてしまうことはできないでしょうか。

「——止まってください」

私は呟きながら、右手をローゼクリスから離し、迫りくる熱線を指差します。

そうすれば言った通りになる。

根拠はありませんが、強く確信していました。

そして実際、現実のものとなりました。

ピタリ、と。

漆黒の熱線はノアを飲み込む寸前で停止していました。

さらにはリベルもまるで凍り付いたようにピタリと動きを止めています。

とはいえ、この状態をずっと維持することはできないでしょう。

神力が急速に消耗していくのが感じられます。

「ノア、下がってください！　一度撤退して、態勢を立て直しましょう！」

私は大きく声を張り上げました。

「聞こえたな、ノア！　仕切り直しだ！」

「ノアちゃん、戻ってきて！」

ご先祖さまとテラリス様の呼びかけが聞こえたらしく、ノアはすぐに船の近くまで後退すると人の姿に戻りました。

「フローラおねえさん、ありがとうございます。助かりました……」

憔悴（しょうすい）しきった声でそう呟くと、もはや立っている力も残っていないらしく、その場に膝を突きました。

今すぐにでも駆け寄りたいところですがグッと堪えて私は叫びました。

「ネコ空軍の皆さんはすぐに船へ帰還してください！　全速力で離脱します！」


レッドブレイズ号は大きく右に旋回すると、急加速してその場を離れます。

やがてリベルの姿が見えなくなったあたりで、私の意識がフッと一瞬だけ遠くなりました。

「フローラちゃん、危ない！」

ふらついて倒れかけたところを受け止めてくれたのはテラリス様でした。

「だいじょうぶ？　顔色、すごく悪いよ」

「すみません、ちょっと頑張りすぎちゃいました」

困ったことに、足にまったく力が入りません。

どうやら私はかなり消耗しているようです。

胸のあたりから広がっていた熱もいつしか収まっていました。

どうやら時間停止の力は切れてしまったようですね。

ただ、リベルが追ってくる様子はありません。

見逃してもらえたのか、それとも、何か考えがあるのか。

ともあれ、こちらに大きな被害が出ずに済んだことは喜ぶべきでしょう。

「フローラ、大活躍だったな」

ご先祖さまは私のところにやってくると、そんなふうに声を掛けてきます。

「どさくさに紛れてシークアミルのやつは逃げちまったようだが、まあ、別にいいさ。次の機会に捕まえりゃいい」

周囲を見回せば、縄でグルグル巻きにされていたはずのシークアミルは甲板から姿を消していました。

（いつまでも虜囚の身というのも退屈だからね。お暇させてもらったよ）

んん？

いま、シークアミルの声がしたような。

ただし、それは耳から聞こえたものではなく、頭の中に直接響くような感覚でした。

「フローラちゃん、今のって……？」

「シークアミルですよね。……近くに隠れているんでしょうか」

「いや、魔法で声だけを送ってきているんだろう」

どうやらご先祖さまにも聞こえているらしく、油断のない様子であたりを警戒しながら言葉を続けます。

「ここで捕まっていた時はだんまりだったくせに、安全な場所に逃げた途端、自分から喋(しゃべ)り始めたか。現金なやつだぜ」

（ひどい言われようだな）

こちらの声も聞こえているらしく、シークアミルは苦笑しつつ答えました。

（ともあれ、先程の時間停止は見事だったよ。まだ不完全な顕現とはいえ、ファールハウトにさえ影響を及ぼすとはね。フローラ、君の力がますます欲しくなった）

「それはどうも。でも、あげませんよ」

（分かっているさ。いずれ奪い取らせてもらう。さて、ひとつ教えておこう。今回、君たちは無事に逃げ切ったようだが、あまり悠長にしていられる時間はない。いずれファールハウトはリベルの意志を消滅させ、あの肉体を自分のものに変えてしまうだろう。急ぐことだ、ククク）

その言葉を最後に、シークアミルの声は聞こえなくなりました。

「自分の話したいことだけ話してサヨナラか。勝手なもんだぜ」

ご先祖さまが肩を竦(すく)めます。

「要するに、のんびりしていられる時間はないってことか」

「そうみたいですね」

私は頷(うなず)きつつ、自分の声がわずかに震えていることに気付きます。

リベルが消えてしまうかもしれない。

その可能性があること自体は、彼が拉致された時から考えていました。

けれど、実際に言葉として突き付けられると……なにより、ファールハウトに肉体を乗っ取られている姿を目にさせられると、さすがに冷静ではいられません。

気持ちだけで言うなら、すぐにでも戦場に引き返したいところです。

ただ、無策のまま戻ったところで先程と同じことの繰り返しになるだけでしょう。

いいえ、もっと悪いことになるかもしれません。

私は自分の足で立てないほど消耗しています。

少なくとも、もう一度時間停止が使えるくらいに回復してからでないと、今度こそ誰かに被害が出てしまうでしょう。

……頭ではそう理解しているんですけどね。

リベルが危険な状態に晒されていることを考えると、焦燥感で胸が潰れそうになります。

「大丈夫だよ、フローラちゃん」

私の身体を支えながら、テラリス様が優しく声を掛けてきます。

「リベルちゃんなら、そう簡単に負けやしないから。焦らなくていいんだよ」

それは自分自身に言い聞かせるような口調でした。

テラリス様もきっと不安なのでしょう。

「フローラおねえさん、僕も次はもっとうまくやれると思います。だから心配しないでください」

ノアが私を元気づけるように声を掛けてきます。

ただ、竜になっていた時の疲労がまだまだ残っているらしく、まだ身体は少しだけふらついています。

それでも頑張ってリベルを助けようとしているわけですから、私も負けていられませんね。

両足にグッと力を入れて、姿勢を立て直します。

「フローラちゃん、無理しなくていいんだよ」

「大丈夫ですよ。このくらい、どうってことありません」

私はそう答えながら手足を軽く動かします。

……よし。

問題なさそうですね。

「フローラさま！　ネコ空軍は全員無事だったよ！」

ミケーネさんがタタタタッとこちらに駆け寄ってきて、状況を報告してくれます。

「船の損傷もないよ！　いつでも動けるよ！」

「とはいえ、リベル様を救出するためには作戦を練る必要があるでしょう」

「ちえのしぼりどころー」

イズナさん、タヌキさんも私のそばにやってきます。

……あれ？

そういえばご先祖さまはどうしたのでしょう。

甲板を見回せば、少し離れたところに立ち、ジッと後ろを見つめていました。

その表情はどこか寂しげなものでした。

「ご先祖さま、どうしたんですか」

「ん？　ちょっと考え事だよ。大したことじゃない」

「シークアミルのことで悩んでたんじゃないですか」

それは特に根拠のない、ただの思い付きでした。

頭に浮かんだことをそのまま口にしただけで、深いことは何も考えていません。

一方で、ご先祖さまは驚いたように目を丸くしていました。

「大正解だ。どうして分かったんだ」

「なんとなく、でしょうか。そんな気がしまして」

「カンがいいんだな」

ご先祖さまは小さく笑うと、さらに言葉を続けます。

「シークアミルのやつ、リベルのことを『目障りなトカゲ』って言ってただろ。あいつ、そんなふうに考えてたんだな」

「ショックでしたか」

「まあ、な。オレの記憶だと、シークアミルのやつはアイツなりにリベルに友情を感じていたっぽかったんだけどな」

「三〇〇年のあいだに色々あったのかもしれませんよ。悪い友達の影響とか」

「悪い友達？　誰だそれ」

「ファールハウトのことです。邪悪なオーラを出していましたし、きっとシークアミルによくないことを吹き込んだんですよ」

「かもな」

ご先祖さまはクスッと笑いながら答えます。

「ありがとうな、フローラ。ちょっと気が楽になったぜ。シークアミルのことは、ファールハウトをぶっ飛ばしてから考えりゃいいな」

「そうですよ。……結局、ファールハウトと真正面から戦うことになっちゃいましたね」

「まあ、予想通りといえば予想通りだな。まあ、ここですっぱりとケリを付けちまったほうがいいと思うぜ。あいつら、この先もおまえさんを狙ってくるだろうしな。厳密には、おまえさんの持っている時間を操る力か」

「シークアミルやファールハウトは、時間を操って何をしたいんでしょうか」

「さてな。ただ、ふわっとした印象なんだが、シークアミルのやつはオリジナルのオレを蘇らせたいってだけじゃなさそうなんだよな」

それは私も漠然と感じていました。

シークアミルの内心というのは、結局のところ『結婚した友達が構ってくれなくて悲しい』と言い切っていいでしょう。

その不満を解消するために時間を操る力を求めているのだとすれば、あの男がやりたがっていることはおそらく――

「時間を巻き戻して、ご先祖さまが家族を持たないように仕向ける……とか」

「ありうるな」

私の言葉にご先祖さまは頷きます。

「もしそうなっちまったら、オレの子孫はみんな消えちまう。フローラも存在しなくなる、ってことだ」

「それは困ります」

自分がいなかったことになる、というのがどんな状態なのか。

それをイメージするのはちょっと難しいところですが、要するに死ぬのと同じようなものでしょう。

自分の命が脅かされているのに、黙っている理由はありません。

「まずはファールハウトをリベルの身体から追い出して、その後、シークアミルともども退治しなきゃいけませんね」

「そういうことだ。具体的な方法なんだが、やっぱりカギになるのはおまえさんの持っている時間操作の力だな。ファールハウトにも効いていたわけだから、あとは使い方次第だろう」

「ありがとうございます。でも、どうやって使うのかよく分からないんです」

私はそう言いながら右手の人差し指をご先祖さまに向けます。

「――止まってください」

先程、リベルの動きを止めた際の状況を再現してみました。

「どうですか。効いてますか」

「ダメっぽいな」

ご先祖さまは肩を竦めました。

どうやら時間操作の力は発動しなかったようです。

「フローラ、さっきはどんなことを考えて力を使ったんだ？」

「このままだとノアが危ない、ですね」

「他は？」

「お母様が亡くなった時のことを思い出しました。あの時みたいな思いはもう二度としたくない……って考えていたら、ドクン、って身体の中で何かが動いたんです」

「なるほどな」

ご先祖さまは頷くと、しばらく考え込んでから私に告げました。

「フローラ、神力を扱うコツは知ってるか」

「自分の中で理屈が通っていたら、普通なら絶対にありえないことだって起こせるんですよね」

以前、テラリス様が教えてくれたことを思い出しながら答えます。

「だから大切なのは信じること、みたいな」

「正解だ。ただ、それは神様として生まれたヤツが神力を扱うためのコツだ。おまえさんの場合、元々が人間だからな。ちょっと考え方を変えた方がいい」

ご先祖さまはニヤリと笑みを浮かべながら言葉を続けます。

「ニホンゴで『火事場の馬鹿力』ってのがあるんだが、知ってるか」

「追い詰められた時に出てくる、普段以上のとんでもない力のことですよね。手記に書いてありました」

「さすがフローラ、よく覚えてるな。偉いぞ」

ご先祖さまは満足そうに頷くと、さらに話を続けます。

「人間ってのはピンチになればなるほど力を発揮する。特に、大切なものを奪われそうな時、失ったものを取り返したい時だな。オレ自身、この世界に来たばかりのころは魔法なんてロクに使えなかった。けど、世話になった村の連中が魔物に食われそうになっているのを見た時、一気に壁を越えられたんだよ」

「最初から魔法を自由に使えたわけじゃないんですね」

「そういうこった。おまえさんも似たようなもんだろ？《リザレクション》や《ワイドリザレクション》みたいな極級の回復魔法を最初からバシバシ使えたか？」

「……いえ」

私は首を横に振ります。

「お母様が亡くなった後、必死にその時の後悔を取り戻そうとして頑張りました」

「オレも同じだよ。ガイアスと戦っていたころ、助けられなかった連中が山ほどいる。そのたびに泣いて、悔やんで、同じ思いを二度としないために必死で技を磨いたんだ。……ま、自分語りはともかく、大事なものを守ろう、取り返そうって気持ちが重要ってことだ。そいつを起点にして、何をすればいいか、どんな自分になるべきかをイメージしていけば、神力をうまく使えるはずさ」

「なんだか難しいですね……」

「いや、そうでもないさ。おまえさんが世界樹を生み出した時を思い出してみろよ。ファールハウトから皆を守りたい。その感情が取っ掛かりになったんじゃないのか」

　言われてみればその通りですね。

　なんだか、ちょっとイメージが掴めたかもしれません。

「ありがとうございます。……あれ？」

「どうした」

「ご先祖さまは人間ですよね。どうして神力の扱い方を知っているんですか」

「オレが天才だからだよ」

　ご先祖さまはとびきりの決め顔で答えると、すぐにフッと笑みを浮かべて表情を崩しました。

「……というのは冗談だ。昔、色々とあってな」


　その後、ご先祖さまを交えて皆で作戦会議を行いました。

　とはいえ手持ちの情報もそう多くないので、かなりの部分が推測頼みなんですけどね。

「大丈夫、大丈夫！　神様が付いてるから何とかなるって！」

　それでも雰囲気が暗くならずに済んだのは、テラリス様が皆を元気づけてくれたからでしょう。

「あのっ」

話し合いの途中、ノアが遠慮がちに手を挙げながら言いました。

「さっき思い出したんですけど、神族の皆さんもここに来るって話でしたよね。それを待つのはどうでしょうか」

「微妙なところだな」

考え込むような表情を浮かべながら答えたのはご先祖さまです。

「神族がいつ到着するか分からないし、リベルの無事を考えるなら、あいつの身体からさっさとファールハウトを追い出した方がいい」

「ハルト様の仰る通りでしょう」

コクリ、と頷いたのはイズナさんです。

「ただし、根本的な問題が残っております。どうやってファールハウトの憑依を解くのか。その方法が見つからないのであれば、神族の方々を待つべきかもしれません」

「大丈夫だ。方法ならある」

ご先祖さまは自信たっぷりの表情で答えると、いきなり私の方を向きました。

「たぶんフローラが思いついてるだろ。どうだ？」

ええっ。

「ご先祖さま、いきなりすぎませんか」

「人間は追い詰められると頭が回るからな。オレの子孫だったらなおさらだろう。どうだ、ピンと閃かなかったか」

「……いちおう、考えはあります」

厳密には、今、思いつきました。

これも遺伝と言うべきでしょうか。

私もやっぱり土壇場でピンと来るタイプのようです。

――思い付きの内容を説明すると、ご先祖さまが真っ先に頷きました。

「アリだな。オレはやってみる価値があると思うぜ。テスはどうだ」

「賛成だよー。時間の操作をそんなふうに使うのはなかなか大胆だねー」

「フローラおねえさんが力の行使に集中できるように、僕たちが攻撃を防がないといけませんね」

「今回は、ぼくたちも頑張るよ！」

ノアに続いて、ミケーネさんが声を上げました。

「みんなのパワーで、おうさまを取り戻そう！」

「おー」

「もちろん、ワタシも微力を尽くさせていただきます」

「ぼくたちねこくうぐんのこともわすれないでね！」

「じかい、だいかつやく！」

「こうごきたい！」

タヌキさん、イズナさん、さらにレッドブレイズ号に乗っていたネコ精霊たちもやる気は十分のようです。

私は皆をぐるりと見回すと、こう宣言しました。

「次はリベルを取り返しましょう！　リベンジの時間です！」

第五章　リベルを取り戻しましょう！

レッドブレイズ号は大きく左回りに旋回すると、リベルのいる方角に向けて動き始めました。

「リベル様は、いえ、ファールハウトは先程の位置から動いていないようです」

船首近くに立つイズナさんは、遠くを眺めながら私に告げます。

「おそらく、その場で我々を迎え撃つつもりなのでしょう」

「わざわざ待ってくれているわけですから、準備万端で望まないといけませんね」

「たしかにー」

足元で声を上げたのはタヌキさんです。

「フローラさまー。ぼくはいつでもいけるよー」

「分かりました。では、名前を付けさせてください」

精霊に名前を与えると、契約が成立します。

私がこれまで契約した精霊はミケーネさんとイズナさんで、二匹とも契約によって他の精霊よりも大きな力を行使できるようになりました。

今回は、タヌキさんの番です。

名前については、すでに思いついています。

「ポコさんでいかがでしょうか」

「いいねー」

タヌキさんあらためポコさんはゆるい感じで返事をすると、グッと右手の親指を立てました。

正直なところ、最初に出会った時の「たぬー」という鳴き声がずっと心に残っているので「たぬーさん」というのも候補になっていましたが、あまりにもそのままなので惜しくも却下としています。

「力が、満ちてくるー」

タヌキさん、いえ、ポコさんの身体がキラキラとした金色の光に包まれました。

ミケーネさんやイズナさんと契約を結んだ時と同じですね。

「フローラさまの神力が流れ込んでくるよー。いまのぼくはタヌキの神様、たぬ神だー」

たぬ神って、なんだか可愛らしいネーミングですね。

ミケーネさんもネコ神って名乗ってましたっけ。

「じゃあ、イズナさんはキツネ神ですね」

「ワタシもフローラ様から神力をいただいておりますが、さすがに神を名乗るのは抵抗がありまして……」

私の言葉に、イズナさんが恭しい口調で答えます。

「ワタシにとっては、フローラ様の契約精霊である、というだけで十分でございます。それよりもポコさん、予定通りに力は使えそうですか」

「うん、だいじょうぶー。むしろ予定よりすごいかもー」

ポコさんはいつも通りののんびりとした口調で答えつつ、両手を高く掲げます。

「ほんものどれかな、どれかな。あれかなー、これかなー、おしえないよー」

詠唱が終わると同時に——

レッドブレイズ号の周囲で、巨大な白い煙がボン！　ボン！　ボン！　と次々に弾けました。

その中から姿を現したのは、レッドブレイズ号とそっくりの姿をした幻です。

数は合計で十二隻、さらに周囲にはカラスに乗ったネコ精霊たち……ネコ空軍を従えています。

もちろん、この子たちも幻ですね。

元々、ポコさんは変化の魔法を得意としていました。

たとえば、私が世界樹の影響で意識を失っていた時はその代役を務めてくれる予定でしたよね。

その力は契約によって増幅され、何もないところに精巧な幻を生み出すことができるようになりました。

ただ、ポコさんが事前に言っていた予想は「にせものをひとつかふたつ、つくれるとおもうー」というものでした。

「数、多くないですか」

レッドブレイズ号だけでも十二隻、その周囲を飛ぶネコ空軍を合わせれば数十万を超える幻を生み出したことになります。

「もっとすごいことができるよー」

ポコさんはそう答えると、右手で自分のお腹（なか）をポコポコと叩いて鳴らしました。

直後、さらにいくつもの大きな煙が弾け、竜の姿をしたノア（の偽者）が次々に姿を現します。

その総数はおよそ三十頭ほどでしょうか。

さすがにこれは驚きました。

「ふふーん」

私が目を丸くしていると、ポコさんは誇らしげに胸を張ります。

「これがぼくの全力だぞー」

「数だけじゃない、精度もかなりのモンだな」

いつのまにか近くに来ていたご先祖さまが感心したように声を上げました。

「どの船にもフローラの偽者が乗ってるが、神気もきっちり再現されている。どれが本物かすぐには分からないだろうし、シークアミルも奇襲を掛けづらいだろうな」

「フローラさまと契約したおかげだよー」

ポコさんはそう答えると、右手で自分のお腹をポコポコと叩いて鳴らしました。

「もしかしてポコさんって名前になったから、ポコポコと鳴らしているんですか」

「せいかいー」

あっ、当たってたんですね。

「ぼくはくうきをよめるこー」

それは空気とは違うような……？

正しい言葉を探すなら、ノリがいい、でしょうか。

細かい話はさておき、私たちは全速力で先程の場所へと戻ります。

ノアはすでに竜の姿となっており、ポコさんの作り出した偽者たちの中に紛れています。

「フローラちゃん、次はリベルちゃんを助けようねー」

いつになく真剣な表情でテラリス様が声を掛けてきます。

「心配事はないかな？　不安だったら、今のうちに吐き出しておくといいよー」

「ありがとうございます。大丈夫ですよ。絶対にうまく行きます」

私がはっきりと言い切ると、テラリス様はちょっと驚いたような表情を浮かべました。

「すごい自信だね。もしかしてハルトくんみたいに未来視の力に目覚めたとか？」

「そういうわけじゃないですけど、なんだか今回は行けそうな気がするんです」

「んー」

「どうしたんですか？」

「昔、ハルトくんも似たようなことを言ってたんだよね。未来視に目覚めるちょっとくらい前からかな？　口癖みたいに『なんだか今回は行けそうな気がする』って。フローラちゃんには時間を操る力もあるわけだし、そのうち、ホントに未来が分かるようになっちゃったりしてね」

「そうだとしたら、ピクニックの予定を立てるのに役立ちそうですね。雨の日を避けられますし」

「おうさまが見えてきたよ！」

ミケーネさんがそう声をあげると、私の足元までやってきて、双眼鏡をこちらに差し出してきます。

受け取って両目に当てると、遠くにいるリベルの姿が拡大されて視界に入ってきます。

リベルは大きく翼を羽搏かせながら、まるで私たちを待ち構えるように空に浮かんでいました。

全身からは邪悪な黒いオーラが立ち上り、ファールハウトが憑依していることを思い出させてきます。

リベルの表情は普段と異なり、凶悪で獰猛そのもの……ではあるのですが、先程に比べると、どこか戸惑ったような気配を漂わせています。

ジッと目を凝らして、信じられないものを見ている――。

人間にたとえれば、そんなところでしょうか。

「ポコさんの幻に、驚いているのかも！」

それはありえますね。

見た目だけなら、さっきの一〇倍を超える大軍勢ですから。

『小賢しい手を使ってくるね』

突如として頭の中に声が響きました。

これは……シークアミルのものですね。

『けれど、無駄だ。愚か者の悪あがきだよ。本物の君たちがどこにいるか、僕には手に取るように分かる』

その口調はこちらの神経を逆撫でするような、挑発的なものでした。

思わず言い返したくなりますが、グッと堪えます。

甲板の前の方にいたご先祖さまがチラリとこちらに視線を向けてきました。

私は無言のまま頷（うなず）きます。

実は出発前の作戦会議で、ご先祖さまがアドバイスしてくれたんですよね。


──シークアミルは本物のオレたちを探し出すために、色々と煽（あお）ってくるだろうな。全部スルーしていい。反応したら居場所を突き止められるからな。


というわけで、完全に無視しましょう。

テラリス様や精霊たちにもシークアミルの声は聞こえているようですが、皆、きっちりと知らんぷりを決め込んでいます。

『ところで君たちに伝えておくことがある。リベルの意識はもう完全に消えてしまった。今更、何をしても無駄だよ』

スルーしますよ。

きっと嘘に決まっています。

私は奥歯をグッと噛（か）み締（し）めて、シークアミルの言葉を聞き流します。

すぐ横にいるテラリス様を見れば、表情は冷静そのもの……ですが、両手を固く握っています。

動揺しそうになる心を抑えているのでしょう。

『なるほど。今の反応で、本物がどこにいるのか分かったよ。奇襲に気を付けることだ』

この発言はブラフなのか、真実なのか。

判断はできませんね。

ただ、先程の作戦会議では「シークアミルの言うことはすべて無視する」と決めたわけですから、そこからブレるべきではないでしょう。

もし本物の私たちの居場所が突き止められていたなら、その時はその時です。

アドリブで何とかしましょう。

やがて、シークアミルの声は聞こえなくなりました。

挑発は無駄と悟ったのかもしれません。

「グゥウゥウゥウゥウゥウゥオオオオオオオオオオオオオオオオッ！」

前方でリベルが激しい雄叫(おたけ)びを上げました。

同時に、その全身を包んでいた漆黒のオーラが大きく広がります。

……来る。

直感的にそう感じて、私は声を張り上げました。

「《竜の息吹(ドラゴンブレス)》が来ます！　突っ込んでください！」

「はーい！　みんな、全速前進だよ！」

ミケーネさんが元気な声で呼びかけると、乗組員のネコ精霊たちが次々に答えます。

「あいあいさー！」

「ふところに、もぐりこめー！」

「ちかづいたほうが、いがいにあんぜん！」

そうなんですよね。

《竜の息吹（ドラゴンブレス）》はものすごい威力の熱線なので防いだり避けたりしたくなりますが、どちらも非常に困難です。

防御しきれないことは先程の戦いで分かっていますし、左右に回避行動を取ったとしても、避けきれる可能性は低いでしょう。

ただ――

顔の構造をイメージしてもらえば分かりやすいと思うのですが、《竜の息吹（ドラゴンブレス）》を口から放っているあいだ、リベルは自分自身の熱線によって下方向への視界が遮られてしまいます。

そのため、懐に潜り込むように急接近するのが意外に安全……というのはノアのアイデアです。

――竜になってみて分かったんですけど、《竜の息吹（ドラゴンブレス）》を吐いたら下がぜんぜん見えなくなるんです。

弱点が分かっているなら、それを利用すべきですよね。

今回は私たちも後がありませんから、じゃんじゃん手札を切っていきますよ。

レッドブレイズ号は急加速しながら下方向に沈み込むように進んでいきます。

ポコさんが生み出した幻……ニセモノの船やノア、ネコ空軍も同じような動きを取りました。

私たちだけが下に潜り込んでいたら、本物がどれなのかバレちゃいますからね。

とはいえ、敵もすぐにこちらの狙いに気付いたようです。

リベルは《竜の息吹(ドラゴンブレス)》を中断すると、翼を大きく羽搏かせました。

いったん距離を取って、仕切り直すつもりなのでしょう。

そうはさせませんよ。

「ネコ空軍の皆さん、よろしくお願いします！」

「とつげきだー！」

「おうさま、おいのちちょうだい！」

「うちとったら、ぼくがせいれいおう！」

なんだかセリフが物騒ですが、たぶん、その場のノリで言っているだけでしょう。

まあ、もしもリベルがケガをしても私の回復魔法がありますからね。

今はとにかく彼の身体からファールハウトを追い出すことを優先しましょう。

ネコ精霊たちはカラスに乗ってリベルのところに突撃すると、羽搏(はばた)きを妨害するようにパラソルを次々に投げつけていきます。

「ガァァァァァッ！」

リベルは鬱陶しそうに唸(うな)り声(ごえ)を発すると、尻尾を振り回してネコ精霊たちを追い払おうとします。

ですが、ネコ精霊たちはヒラリと攻撃を躱(かわ)すと、精霊倉庫から新たなパラソルを取り出して反撃とばかりに投げつけていきます。

「足止めは成功したみたいだな」

リベルとネコ精霊たちの方を見ながらご先祖さまが呟きます。

「前半戦はクリア、ってところか」

「本番はここからですね」

私が頷いたのと同じタイミングで、戦況に変化がありました。

「ガァァァァァァッ！」

リベルの視線が、こちらに向けられました。

背中が凍り付きそうなほどの威圧感が押し寄せてきます。

どうやら本物の私たちがどこにいるのか見抜かれてしまったようです。

まあ、そうですよね。

相手は神族さえも超える存在なわけですから、いつまでも騙しきれるものではありません。

「グゥゥゥゥゥゥゥオオオオオオオオオオオッ！」

これまでにないほど激しく咆哮すると、周囲のネコ精霊たちを無視してこちらに突っ込んで来ようとします。

ですが、それよりも先にノアが動きました。

「ガァッ！」

一瞬だけこちらを振り向いて雄叫びを上げると、リベルの方へ向かいます。

今の鳴き声は、人間で言うなら「僕に任せて」といったところでしょうか。

リベルとノア。

二つの竜が空中で激しくぶつかります。

「グゥウゥウオオオッ！」

「ガァアアアアアアッ！」

リベルはノアを弾き飛ばそうとしますが、ノアはその場に踏みとどまり（空中なので飛びとどまり、というのが正しいかもしれません）、リベルの行く手を阻みます。

「フローラ、この距離まで近づけばいけるか」

「はい、大丈夫です。たぶん」

ご先祖さまの言葉に頷きながら、私はローゼクリスをゆっくりと掲げます。

いよいよ作戦は大詰めを迎えました。

「ミケーネさん、イズナさん、ポコさん、力を貸してください」

「ぼくの出番だよ！」

「それでは僭越ながら……」

「ぽこー」

名前に合わせて鳴き声を変えたのでしょうか。

おっと。

ここが正念場ですから、余計なことを考えている場合ではありませんね。

気を取り直して、ギュッとローゼクリスを握り直します。

そのあいだにミケーネさんが私の頭に、イズナさんが左肩に、ポコさんが右肩に乗ります。

前回はミケーネさんの力だけを借りていましたが、今回は三匹と一緒に魔法を使うことになっています。

イズナさんやポコさんとも契約しているわけなので理論上は可能なはず。

「おねえちゃん、いつでも行けるよ」

私はローゼクリスの言葉に頷きます。

直後、頭の中に呪文が流れ込んできました。

ただし――

普段と違うのは、ただ集中して詠唱するだけでは足りないということです。

作戦通りにリベルを助けるには、私の身体に流れている高位神族の血を活性化させなければなりません。

そのためのヒントは、すでに分かっています。

――大事なものを守ろう、取り返そうって気持ちが重要ってことだ。

私にとって大事なものは？

決まっています。

リベルです。

――我は汝のことを。


私のことをどう思っているんですか。

最後まで聞かせてもらっていないのにお別れなんて、絶対に認めません。

「リベルを返してもらいますよ」

私は呟くと、大きく息を吸い込みました。

意識を集中させます。

ドクン。

身体の内側で、何かが大きく脈打ちました。

胸のあたりを中心にして、熱のようなものがジワジワと全身に広がっていきます。

高位神族の血が活性化したみたいです。

これで準備完了です。

私は大きく声を張り上げ、詠唱を始めました。

「遥か遠き天空より来たりて、邪悪を祓い、偉大なる精霊の王にして我が守護者を目覚めさせよ」

それはリベルの身体に憑依しているファールハウトを浄化し、抑え込まれているであろうリベルの意識を回復させる魔法です。

私に続いて、ミケーネさん、イズナさん、ポコさんの三匹が呪文を唱えます。

「導く、浄化の星光」

「照らす、回帰の月光」

「聖なる、治癒の陽光」

そして最後に、私が発動のキーとなるフレーズを口にします。

「――《ハイクリアランス・リザレクション》」

直後、穏やかな光がリベルの身体を包みました。

リベルの身体を包んでいる漆黒の霧が少しずつ消えていきます。

「グヴゥゥゥゥゥゥオオオオオオオオオオオオオオッ！」

当然ながらリベルは、いえ、ファールハウトは抵抗を試みます。

全身を震わせながら激しく咆哮します。

漆黒の霧が大きく広がり、光を逆に飲み込もうとしました。

この流れは、先程と同じです。

もちろん、放っておくつもりはありませんよ。

私は右手をローゼクリスから離すと、リベルを指差します。

「――止まってください」

言葉と共に、時間を操る力が発動します。

漆黒の霧がピタリと動きを止めました。

……いえ。

ファールハウトはこちらの力に抗(あらが)っているらしく、漆黒の霧は僅かですが広がり続けています。

まずいですね。

今のままだと、次の段階に移れません。

「やっぱり、ここは神様の出番かな」

背後から聞こえたのは、テラリス様の声です。

「わたしの神力も貸すよ。……一緒にリベルちゃんを取り返そうね」

「ええ。ついでにファールハウトを消し飛ばして、スッキリした気分で帰りましょう」

「いいね。大賛成だよー」

テラリス様はクスッと笑いながら答えると、私の両肩にそれぞれ左右の手を置きました。

全身の熱がさらに強くなりました。

それに連動するように《ハイクリアランス・リザレクション》の光が激しく輝きます。

漆黒の霧は完全に動きを止め——徐々に小さくなっていきます。

『——そこまでだよ』

頭の中にシークアミルの声が響きました。

やっぱり妨害してきますよね。

完全に想定通り……って、えええええっ⁉

さすがにビックリしました。

何が起こったのかといえば、甲板上のあちこちで空間が歪(ゆが)んだかと思うと、そこからシークアミルが次々に現れたのです。

一人、二人、三人、四人——。

同じ顔をした人間が私たちを取り囲み、一斉にニヤリ、と笑みを浮かべました。

右手に黒い稲妻を纏わせ、こちらに攻撃を仕掛けようとしてきます。

「やっぱり数で押してくるよな。——ネコ空軍、やっちまえ！」

聞こえたのは、ご先祖さまの力強い声でした。

同時に、私たちの頭上でポン、ポン、ポンと次々に白い煙が弾けます。

そうして姿を現したのはカラスに乗ったネコ精霊たちでした。

「ねこくうぐん、ここにさんじょう！」

「フローラさまをまもるよ！」

「ひっさつ、ねこばくだん！」

ネコ爆弾⁉

いったいどんな技なのでしょうか。

視線を上に向けると、ネコ精霊たちが次々にカラスから飛び降りるところが目に入りました。

「もふもふをくらえー！」

「だいびんぐあたーっく！」

「うごきをふうじるよ！」

どうやらネコ爆弾というのは、カラスから飛び降りての攻撃のことみたいですね。

……いったいどのあたりが爆弾なのでしょう。

まあ、深く考えても答えは出そうにないのでサラッと流しておきましょう。

細かい疑問はさておき、ネコ精霊たちは空中からそのままシークアミルたちに飛び掛かり、顔に飛び乗って視界を塞いだり、あるいは、パラソルでバシバシと容赦なく打撃を加えます。

「くっ、前が見えん！　ネコごときが僕の邪魔をするな！」

「ぐあっ！　やめろ！　パラソルで叩くんじゃない！」

「いい毛並みだ……。もふもふしている……」

ネコ精霊の攻撃を受けたシークアミルたちがあちこちで悲鳴を上げます。

一人だけネコ精霊の毛並みに魅了されているシークアミルもいますね。

私は思わずクスッと笑みを漏らしていました。

先程まではシリアスな雰囲気でしたが、現在の甲板にはコミカルというか、絵本めいたメルヘンな空気が漂っています。

今だったら、どんなトラブルもスパッと解決して、おとぎ話みたいに「めでたしめでたし」で締めくくることができるかもしれません。

いいえ、できます。

私の中ではそういうことになりました。

「早く、リベルの身体から出て行ってください！」

大声で叫びながら、ローゼクリスを掲げ、全身の神力を振り絞ります。

かつてないほど眩い輝きが、パアッと弾けました。

それによって漆黒の霧のほとんどが消え去り、残った部分はまるで逃げるようにリベルの身体から離れていきます。

そして――

「フローラ……？」

聞き慣れたリベルの声が、私の耳に届きました。

彼は戸惑ったような様子で周囲をキョロキョロと見回しています。

「ここはどこだ。我はいったい何をしておる」

どうやらファールハウトに憑依されていたあいだの記憶はないみたいですね。

ともあれ、リベルは正気に戻ったようです。

これで一件落着……ではないですね。

リベルの身体から離れた漆黒の霧……ファールハウトは、そのまま移動してレッドブレイズ号の真上に来ていました。

「シャアアアアアッ！」

鋭い鳴き声が響いたかと思うと、霧が凝縮し、翼を持った巨大なヘビの形になりました。

あれがファールハウトの正体でしょうか。

ヘビは牙を剥き、真上から私たちのところに向かって真っすぐに落下してきます。

破れかぶれの最後の突撃、といったところでしょうか。

「悪いが、ここから先は通行止めだ」

真っ先に反応したのは、ご先祖さまでした。

ご先祖さまが右手を掲げると当時に、私たちの頭上に薄青色の壁が生まれました。

パッと見た印象ですが、魔力による結界の一種でしょう。

無詠唱で発動させるあたり、魔術師としての実力の高さが窺えます。

「シャァッ！」

ファールハウトは大きく口を開くと、結界に牙を突き立てました。

どうやら強引に突破するつもりのようです。

「——フローラのところには行かせん」

けれど、それより先にリベルが動いていました。

大きく翼を羽搏かせてファールハウトに接近すると、その勢いのまま尻尾を振り回し、横合いから叩きつけたのです。

「シャァ……ッ！」

ファールハウトが苦しげな呻き声を漏らします。

「フローラちゃん、今がチャンスだよ！」

背後からテラリス様が呼びかけてきます。

私は小さく頷くと、右手でファールハウトを指差しました。

「フローラ、任せたぞ！」

リベルは何かを察したらしく、私の方に視線を向けると、そんなふうに声を掛けてきます。

正気に戻ったばかりで混乱しているはずなのに、私を守り、気に掛けてくれている。

そのことが嬉しくて、つい、口元が綻んでいました。

私、浮ついてますね。

気を引き締め直して……いえ、このままの調子でいきましょう。

神力の扱いで大事なのは、気持ちですからね。

心の底から湧き上がってくる高揚感を全能感に変えて、今の私ならどんな不可能だって可能にできると信じ切って、口を開きます。

「――戻ってください、生まれる前に」


ちょっと考えてみてください。

私は《ハイクリアランス・リザレクション》を使い、リベルの身体からファールハウトを追い出しました。

けれど、追い出せただけです。

すべてを浄化するところまでは辿り着けませんでした。

まあ、元々の目的はリベルを取り戻すことですから、ファールハウトを倒せなくても構わないといえば構わないんですよね。

ただ、放っておけば次もまた同じようなことが起こるかもしれない。

だったら、ここできっちり決着をつけてしまいたい。

そのために私が思いついた方法が、これです。

時間を操る力によってファールハウトを生まれる前の状態に戻し、存在しなかったことにする。

そんなことが可能なのかって？

普段なら無理でしょうけど、今のファールハウトは《ハイクリアランス・リザレクション》で弱っていますからね。

なにより――

先程までと違って、今の私にはリベルが付いてますからね。

はっきり言って無敵です。

二度と彼を奪わせない。

その気持ちが、かつてないほどの力を私に与えてくれます。


「シィイ……ッ！」

ファールハウトの口から、呻き声のようなものが漏れました。

その身体が少しずつ小さくなっていき――

やがて、完全に消滅しました。

復活する様子もなさそうです。

……ふう。

ようやく一息つけそうですね。

そう思った矢先、グラリ、と私の身体が傾きました。

あっ、いつもの流れですね。

私は動揺するでもなく、むしろ冷静にそんなことを考えます。

戦いが終わると、だいたいの場合は力尽きるように意識を失ってしまうのですが、どうやら今回もそのパターンのようです。

まあ、当然と言えば当然ですよね。

《ハイクリアランス・リザレクション》は今までの中でも最大級の浄化魔法でしたし、さらに時間操作の力を二回も使っています。

戦っているあいだは緊張していたので疲労を感じずに済んでいましたが、その反動が今になってドッとやってきたのでしょう。

ただ、このまま眠ってしまう前にひとつだけ仕事を投げておきましょうか。

「ご先祖さま、リベルへの説明をいい感じにお願いします」

今回、何度もご先祖さまには無茶ぶりをされましたからね。

そのお返しです。

言い終えるのと同時に、私の意識は眠りの中に落ちていきました。

＊　＊

――普段ならここで半日、あるいは数日ほど寝込むところですが、幸い、今回はすぐに目を覚ますことができました。


「ふぁ……」

あくびとともに目を覚ますと、全身がもふもふとしたものに包まれていることに気付きます。

これは……ネコ精霊の毛並みですね。

「フローラさま、おはよー！」

「もふもふ！　ふわふわ！　ねこのねぶくろさーびすだよ！」

「いっそにどねしちゃう？」

それは魅力的ですけど、遠慮しましょうか。

どうやら私はネコ精霊たちに包まれて眠っていたようです。

「目を覚ましたようだな」

聞こえてきたのは、リベルの声でした。

いつもと変わらない、低い、落ち着いた響きに、私はなんだかホッとします。

無事にリベルを助け出せた。

その事実を改めて噛み締めながら、声の方に視線を向けます。

リベルは人間の姿で私のすぐ近くに立っていました。

その場に片膝を突くと、右手を伸ばして私の頬に触れてきます。

「フローラ、分かるか。我だ。汝のおかげで戻ってこられたぞ。褒めてつかわす。……どうした。なぜ笑っておる」

「すみません、なんだか嬉しくって」

しばらくのあいだ離れ離れになっていたせいでしょうか。

リベルが近くにいて、こうして言葉を交わしたり、触れあったりできることが、普段よりもずっと嬉しく感じられます。


そっか。

そうなんですね。


今更ですが、やっと、自分の気持ちが理解できました。

「好きです」

いつのまにか、言葉が零れていました。

考えをそのまま口に出してしまう。

それは私の悪い癖のひとつで、できれば直したいと思っているのですが——今回だけは許しましょう。

だって、声に出したおかげで自分の感情をはっきりと自覚できたのですから。

ただ――

「ありえん！　僕はオリジナルのシークアミルだ！　ニセモノであるものか！」

「いいや違う！　僕こそがホンモノだ！」

ちょうど同じタイミングでそんな叫び声が入ってきたせいで、私の言葉はリベルの耳に届いていなかったようです。

「フローラ、何か言ったか」

「えっと」

もう一回言うんですか。

さすがに恥ずかしいというかなんというか……。

そもそも、そういう雰囲気じゃないですよね。

声のした方に視線を向けると、甲板の隅には縄でグルグル巻きにされた二人のシークアミルが座り込んでおり、その近くにご先祖さまが立っていました。

あれ？

戦っている時、甲板には（変な言い方になりますが）大勢のシークアミルが出現していました。

それなのに、今は二人にまで減っています。

どういうことでしょうか。

私が首を傾げていると、ご先祖さまがこちらを向きました。

「おっ、眼が覚めたみたいだな。調子はどうだ」

「まあまあです。私、どれくらい眠っていたんですか」

「五分から一〇分ってところだな。そんなに時間は経ってないから安心しろ」

どうやら今回はすぐに起きることができたようです。

もしかすると身体がだんだん慣れてきたのかもしれませんね。

……慣れてしまうほど無茶ばかりしている、とも言えちゃうのが辛いところですが、まあ、そこからは眼を逸らしておきましょう。

世の中、そっとしておいたほうがいいこともあるんです。

なにより、もっと気になることがありますからね。

「シークアミルって、もっとたくさんいませんでしたか」

我ながら変な質問だと思いますが、実際、甲板には何十人ものシークアミルがいたはずなのですから仕方ないですよね。

「もしかして逃げられたとか」

「その点は抜かりない。ハルトだけでなく、我も注意して見張っておったからな」

そう答えたのはリベルでした。

私の頬から右手を離すと、スッと立ち上がってシークアミルの方に視線を向けます。

「結論から言えば、本物の——三〇〇年前、我やハルトとともに同じ時間を過ごしたシークアミルはすでにこの世におらん。おそらく寿命で亡くなっておる。残っておるのは、ファールハウトの下僕として生み出された偽者だけだ」

「そんなはずはない！　僕はホンモノだ！」

「いいや違う！　僕こそが真のシークアミルだ！」

リベルの言葉に反論するように、二人のシークアミルが叫びます。

ずいぶんと取り乱していますね……。

自分がホンモノかニセモノかというのは、そんなに大事なことなのでしょうか。

「甲板に現れたシークアミルたちは皆、自分こそが本物という記憶を与えられておったのだろう。だが、主であるファールハウトの消滅によって、一人、また一人と存在を維持しきれずに消え去っておる。……この二人もじきにそうなるはずだ」

リベルは少しだけ寂しげにそう呟きました。

「でたらめを言うな！　僕が消えるわけがない！　消えるのはこのニセモノだけだ！」

「いいや、僕は消えん！　キサマこそ消えるがいい！」

二人のシークアミルは縄で拘束されたまま、互いに鬼のような形相で睨み合います。

……どちらも自分が消えてしまうことが怖くて、ヒステリックになっているのでしょう。

なんとなく、そんな気がしました。

「人間には引き際ってやつがあるんだよ。潔くそいつを認められたらいいんだが、難しいところだよな」

ご先祖さまが肩を竦めながら呟きます。

「まあ、オレも残留思念とはいえ、この世にしがみついている存在だ。シークアミルのことは悪く言えないか」

「でも、ご先祖さまがいてくれたおかげでリベルを助けられましたよ」

「そう言ってもらえるなら、隠れ家から出しゃばってきた甲斐があるってもんだ」

ご先祖さまはニッと明るい笑みを浮かべながら答えます。

「一応報告しておくが、おまえさんに言われたとおり、リベルにここまでの経緯もちゃんと説明しておいたぜ」

ありがとうございます、助かりました。

私がそんなふうにお礼を言おうとした矢先のことです。

「馬鹿な！　そんなことがあるものか！」

「嫌だ！　消えたくない！　やめてくれ！」

二人のシークアミルが、ほぼ同時に悲鳴を上げました。

そちらに視線を向けると、どちらも足先から段々とその姿が消えかかっていました。

「ハルト！　リベル！　助けてくれ、友人だろう⁉」

「フローラ、君は時間を操れるだろう！　これを止めてくれ！」

これまでの余裕ぶった態度はどこへやら、二人とも必死の形相でそう訴えます。

「さっきも言っただろ。人間には引き際ってのがあるんだ」

「シークアミル、貴様は我のことを友と思っておらんのだろう？　ハルトの周囲を飛び回るトカゲだったか。そう言っておったはずだ。自分の言葉には責任を持て」

ご先祖さまもリベルも、揃ってはっきりと拒絶の意思を示します。

「なにより、貴様はこれまでに何度となくフローラに危害を加えようとしてきた。もはや慈悲を掛ける余地もない。そのまま消えるがいい」

「私も同じ意見です、ごめんなさい」

私は二人のシークアミルをまっすぐ見据えながら告げます。

「それに、さっきの戦いで頑張りすぎたみたいで、しばらく時間を操る力は使えそうにないんです」

今の私は神様モードが解除され、普段通りの姿に戻っています。

クリスタルに籠っていた神力も尽きていますし、なにより、高位神族の血を活性化させるには大事なものを守ろう、取り返そうという感情が重要になってきます。

シークアミルに対してそういう気持ちが湧き上がってくるかといえば……

残念ながら、ノーですね。

それから数秒と経たないうちに二人のシークアミルは何ひとつ残さずに消滅しました。

その後——

私たちは元の世界に帰ることになりました。

ファールハウトは消滅しましたし、ここに長居する理由はありませんからね。

「テラリス様、ゲートを開いてもらっていいですか」

「オッケー、まかせてー。早く帰って祝勝会だねー」

リベルが無事に帰ってきたこともあって、テラリス様の表情は普段以上に明るいものになっていました。

「それじゃあ、いくよー」

テラリス様は甲板の船首側に立つと、両手を掲げました。

その時です。

私たちが乗るレッドブレイズ号から見て前方の空に、大きな光の輪が現れました。

その内側には七色に輝くオーロラが広がっています。

あれって別の世界に繋(つな)がるゲートですよね。

「んー？」

テラリス様が不思議そうに声を上げました。

「わたし、まだ呪文を唱えてないんだけど」

「あのゲートはテラリス様が開いたものじゃないんですか」

「うん。いったい誰が来るのかなー？　……あっ」

あっ。

テラリス様がハッとした表情を浮かべたと同時に、私も思い出しました。

そういえば私たちの目的ってリベルを助け出すことであって、ファールハウトを倒すことは二の次だったんですよね。

途中からはすっかり忘れていました。

さらに言えば、ファールハウトについては後からやってくるはずの神族の皆さんに任せるつもりだったわけで……。

というわけで、はい。

ゲートからは背中に白い翼を持った方々……神族の皆さんが飛び出してきました。

荘厳な輝きを放つ黄金の鎧を纏い、その手には眩い光を帯びた剣や槍などを手にしています。

まさに、戦闘態勢！　といった印象です。

でも――。

ごめんなさい。

皆さんが戦おうとする相手……ファールハウトはもう倒してしまいました。

どう説明しましょうか。


……と思っていたら。

「――そういうわけで、フローラちゃんがファールハウトをやっつけてくれたんだよー」

「くわしいことがしりたいなら、こちら！」

「ぼくたちきんせい、かみしばい！」

「フローラさまのかつやくが、もりだくさんだよ！」

テラリス様とネコ精霊たちが、全部まるっと説明してくれました。

しかも紙芝居付きで、臨場感もたっぷりです。

「そこでフローラさまがふぁーるはうとをゆびさしていったんだよ！」

「『――戻ってください、生まれる前に』」

「ぎゅるるるるるるん！　ふぁーるはうとはきえてしまったのでした！」

自分のやったことを第三者の視点から聞かされると、なんだか照れくさいですね……。

一方、ネコ精霊たちの紙芝居を見ていた神族の方々の反応はというと――

「神王様の話では、ファールハウトというのはそう簡単に倒せる存在ではないはず。まさか、我々の到着前に討伐してしまうとは……」

「さすが高位神さま！　まさに救いの神だ！」

「ありがたや、ありがたや……」

ご覧の通り「私＝高位神族」という以前からの勘違いがさらに加速することになりました。

神族の中には、両手を合わせてこちらを拝んでくる方もいます。

ひぃ。

神様に拝まれてしまうなんて畏れ多い……と言いたいところですが、正直、だんだん慣れてきた自分もいます。

こういう時、どう振る舞えばいいのでしょうか。

「堂々としておればよい」

戸惑う私の横で、リベルが悠然とした態度で告げました。

「汝は難事を成し遂げたのだ。称賛されるのは当然であろう。笑って受け止めてやるがいい」

「言っていることは分かるんですけど、やっぱり、高位神族と誤解されたままなのはマズい気がするんです」

「現実的に考えて、誤解を正すことはもはや不可能であろうな」

リベルは苦笑しながら言葉を続けます。

「ファールハウトは神族が束になっても倒せぬほどの存在だ。だというのに、汝はそれをどうにかしてみせた。神族を超える存在と考えられてしまうのも仕方あるまい」

「ですよね」

私としても、リベルの言う通りだと思います。

ただ、一つ心配なことがありまして。

「誤解を訂正しないままでいたら、本物の高位神族から怒られたりしませんよね。高位神族を騙るとは不届き者め、天罰だ！　みたいな」

「そればかりは何とも言えん。ただ、高位神族にしてみれば、自分たちの子孫が活躍しておるのだ。悪い気はしておらんだろう」

「そうだといいんですけどね」

と、私が答えた時のことです。

——貴女が無事でよかった。活躍してくれるのは嬉しいけど、あんまり無理しないでね。……って高位神族の方々は言ってますよ！　過去の私！


んん？

頭の中に、私のものとしか思えない声が響いたのです。

昨日も似たようなことがありましたね。

もしかして、未来の私が時間を操る力を応用して、今の私にメッセージを送ってきたとか？

まさか。

疲れによる幻聴でしょう。

たぶん、きっと、おそらく。

＊　＊

神族の方々はファールハウトの討伐成功をひとしきり喜んだあと、神界で祝勝会を開こう、と提案してくれました。

とはいえ、今回はかなりの大仕事でしたから、早く帰って眠りたい……というのが正直なところです。

「そ、それは申し訳ございません！　大変失礼いたしました！」

「どうか気をつけてお帰りくださいませ。祝勝会の日取りについては、また別途相談させていただきます」

「このたびは我らに代わってファールハウトを討伐くださり、ありがとうございました！」

……おや？

気が付くと、いつのまにか帰れそうな流れになっていました。

「おまえさん、また考えが口に出てたぞ」

ご先祖さまが、やれやれ、といった様子で肩を竦めながら教えてくれます。

「まあ、実際かなり疲れてるんだから、ここはお言葉に甘えさせてもらおうぜ。……オレも、そんなに時間が残っているわけじゃないからな」

えっ？

それはどういう意味でしょうか。

けれど、言葉の真意を問いかけるより先に、ご先祖さまは私から離れ、テラリス様のところへ行ってしまいました。

……なんとなく察しはつきますけどね。

出発前、ご先祖さまはこんなことを言っていました。

――カイに……世界樹に手を貸してもらったんだよ。おかげで生きてたころと同じように肉体もある。ただ、一時的なものだし、こんなことは二度とできないだろうな。

一時的なものなら、いつかは終わりが来るわけで。

ここまでずっと私のために手を貸してくれたのですから、残りの時間は自分のために使ってほしいと思います。

たとえば、テラリス様やリベルにきちんとお別れを告げるとか。

エピローグ　私たちの距離は、近くなりました。

その後、私たちは神族の皆さんと別れ、元の世界に帰ることになりました。

テラリス様にゲートを開いてもらい、レッドブレイズ号でその中を進んでいきます。

私はというと、船内のカフェでリベル、ノア、それからミケーネさん、イズナさん、ポコさんの三人＋三匹でお茶をしていました。

話題はもちろん、今回のことです。

「このたびは汝らに迷惑をかけた。救出、誠に感謝しておるぞ」

「礼を言うのは私のほうですよ。連れ去られそうになった時、庇ってくれてありがとうございます。ノア、ミケーネさん、イズナさん、ポコさん、手を貸してくれて本当に助かりました」

「にいさんが無事に帰ってきてくれて、すごく嬉しいです。うう、涙が……」

「ハンカチならあるよ！　ごしごし」

ミケーネさんはどこからともなくハンカチを取り出すと、ノアの目元を拭います。

「ノア様といえば、竜への変身はお見事でした。今更かもしれませんが、お祝い申し上げます」

「おめでとうー」

「リベルの身体からファールハウトを追い出せたのは、間違いなくノアのおかげですよ。元の世界に帰ったら、竜になれたことのお祝いもしましょう」

「うむ、確かにな。盛大に行うとしよう」

私の言葉にリベルが頷きます。

「ハルトのやつにも礼を言わねばなるまい。ノアが竜になれるように手引きしたのはあやつなのだろう？」

「ええ、そうみたいです。ご先祖さまが蘇って、ビックリしませんでしたか」

「驚きはしたが、あやつなら何が起こってもおかしくはない。とはいえ、本人はすでに亡くなっているのであろう。ここにいるのは、残留思念が一時的に肉体を得ただけのもの、と聞いておる」

「あっ、詳しい話も聞いているんですね」

「もちろんだとも。……おそらく、汝よりもな」

リベルはそう言って、ほんの少しだけ寂しそうに俯きました。

んん？

それってどういう意味ですか。

……と、私が問いかけようとした時のことです。

「おっ、いい感じに皆揃ってるな。ちょっと甲板まで来てくれ」

軽い足取りでカフェにやってきたご先祖さまが、そんなふうに声を掛けてきました。

「何かあったんですか」

「ま、色々とな」

ご先祖さまの口調は軽く、明るいものでしたが、表情はどこか寂しげなものでした。

私たちは船内のカフェを出ると、そのまま甲板に向かいます。

レッドブレイズ号はまだゲートの中を進んでおり、船の周囲にはキラキラと輝く不思議な空間が広がっています。

「いきなり連れ出して悪かったな。……どうやらオレはそろそろらしい」

ああ、やっぱり。

なんとなく予想はついていましたが——

いざ、その時が来るとなると、胸がギュッと締め付けられるように苦しくなってきます。

ここでお別れなんて。

そんな気持ちが湧き上がってきて、私は思わず口を開いていました。

「私が、時間を操る力を使えばご先祖さまは消えずに済むんじゃないんですか」

「かもしれないな。けど、遠慮させてくれ。人間には退場するべきタイミングってのがあるんだ。そいつを間違えると、後に残る連中の邪魔にしかならない。……オレはナルシストだからな。どうせ消えるなら、最高にカッコいいタイミングで消えたいのさ」

「汝らしい答えだな」

仕方なさそうにため息を吐（つ）きながら、リベルが呟（つぶや）きます。

「三〇〇年前と何ひとつ変わっておらん」

「それはオレが残留思念だからだよ。生前の自分をそっくりそのまま複製したシロモノだ。逆に言えば、ここから成長することもない。ファールハウトが生み出したシークアミルのコピーたちと同じだよ。……けれど、リベル、おまえは違う。三〇〇年前よりもイイ顔になった。きっと、フローラのおかげだろうな」

ご先祖さまはフッと小さく笑いつつ、視線を私の方に向けました。

「フローラ、おまえさんはすごいヤツだよ。ファールハウトは神族どころか高位神族に匹敵するような存在だ。そいつを倒しちまうんだからな。生前のオレが予知した通りなら、ここから先はヤバいトラブルもないはずだ。幸せに暮らせよ」

「ありがとうございます。こちらこそ、本当にお世話になりました。リベルの救出を手伝ってくださって、とても感謝しています」

「当然だろ、可愛(かわい)い子孫と大事な親友のためだからな。……ああ、そうだ。こいつをライアスに返しておいてくれ」

ご先祖さまはそう言うと、腰に下げていた剣を外し、両手で抱えて私の方に差し出してきます。

「ライアスとも仲良くしろよ。あいつはいい兄貴だからな」

「もちろんです。今度、ライアス兄様と一緒にご先祖さまのお墓参りに行きますね」

「そうしてくれ。供え物はリョクチャでいいぞ。ついでにヨーカンも添えてくれ」

「好み、私と同じですね」

「血が繋(つな)がってるからだろうな」

ご先祖さまはそう答えながら、安心したように頷きます。

……あっ。

「そろそろか」

どうやら時間切れが迫っているらしく、ご先祖さまの身体は少しずつ光の粒子に変わり、ほどけつつありました。

「あのっ！」

焦ったように声を上げたのはノアです。

「僕が竜に変身できたのはハルトさんのおかげです！　ありがとうございましたっ！　うう、ぐすっあ……」

「いいんだよ、気にするな。それより、泣くんじゃなくて笑顔で見送ってくれ。せっかくの旅立ちなんだから、にぎやかな方がいい」

確かに、ご先祖さまならそう考えますよね。

私もちょっと視界が潤みつつありましたが、気を取り直して、笑みを浮かべます。

そして大きく息を吸い込んで、声を張り上げました。

「精霊の皆さん！　ご先祖さまを盛大に見送ってあげてください！」

「はーい！　ネコ精霊のみんなと一緒に、すてきな音楽をお届けするよ！」

ポン、ポン、ポポポポポン！

ミケーネさんの掛け声と同時に、甲板にネコ精霊たちが次々に現れました。

それぞれシンバルやドラム、笛やホルンなどの楽器を抱えています。

「ぼくたち、ねこのおんがくたい！」

「ねこくうぐんから、てんしょくしたよ！」

「のりのりのおんがくをおとどけするよ！　へいへーい！」

その場の湿っぽい空気を吹き飛ばすように、明るい音楽が甲板に響き渡ります。

「では、ワタシはバイオリンを……」

「ぼくははらだいこー」

イズナさんとポコさんも演奏に加わります。

「ははっ、こいつは豪華な見送りだ」

ご先祖さまはクスッと嬉しそうに笑みを浮かべると、最後にリベルのところに向かいました。

「じゃあな、親友」

「うむ。……テラリスとの別れは済ませたのか」

「一足先に挨拶してきた。たぶん、遠くから見ているはずさ」

ご先祖さまはそう言って、一瞬だけチラリと私たちの背後……甲板の左後方に視線を向けました。

きっと、そのあたりの物陰にテラリス様も隠れているのでしょう。

「探さないでやってくれ。テスも、大泣きしているところを見られたくないだろうからな」

「分かっておる。フローラもよいな」

ええ、もちろんです。

私は無言のままコクリと頷きました。

そして――

「こんなに明るく見送ってもらえるなんて、最高のハッピーエンドだな。感謝するぜ」

ご先祖さまは満足そうに笑みを浮かべながら、この世を去っていきました。

＊　＊

船がゲートを抜けると、そこはビーワ湖の上空でした。

「やっと、帰ってこられましたね」

私は大きく伸びをすると、ふう、とため息を吐きました。

なんだか、すごい長旅をしてきたような気分です。

「まあ、出発してから三時間も経ってないんだけどねー。そういう意味じゃ、ちょっとしたお出かけってところかなー」

明るい調子てそう告げたのはテラリス様でした。

ご先祖さまがいなくなったことに対してどういう思いを抱いているのか、第三者の私には推測しきれませんが、周囲が見えなくなるほど落ち込んでいるわけではなさそうです。

むしろ、すっきりと晴れやかな雰囲気さえ漂わせています。

ご先祖さまとのお別れがきっちりできたから、かもしれませんね。

その後、レッドブレイズ号は首都ハルスタットの北側に着陸しました。

私たちは揃って船を降り、裏門から宮殿に戻ります。

現在、宮殿ではマリアが私の姿に化けて代役を務めてくれているので、私の姿が誰かに目撃されると騒ぎになるかもしれません。

と、いうわけで――

「ひとまず私の部屋に行きましょう。ネコ精霊の皆さん、誘導をお願いしますね」

「はーい！　おへやにもどるまでが、おでかけだよ！」

「ぬきあし、さしあし、しのびあし！」

「こっちはだれもいないよ！　あっちにいるひとはもふもふしておくよ！」

もふもふもふもふ……。

私の部屋に到着するまでの道中、宮殿に勤めている騎士さんやメイドさんに出くわすこともありましたが、ネコ精霊たちがモフモフすることによって気を逸らしてもらいます。

おかげで、私は誰にも目撃されることなく、リベルたちとともに部屋に戻ることができました。

「ようやく戻ってこられましたね。さて、お父様たちにも連絡しましょうか」

「それには及ばん。すでにイズナに命じ、グスタフ、ライアス、マリアに一報を入れさせておる。じきに集まってくるはずだ」

さすがリベル、私の考えを先回りして指示を出しておいてくれたようです。

普段通りの日常が帰ってきた、って感じがしますね。

しばらく部屋のソファで寛いでいると、遠くから足音が聞こえてきました。

タタタタタタタタタタタタッ！

バン！

勢いよくドアが開いて、お父様、ライアス兄様、そしてマリアが部屋の中に飛び込んできます。

ただ、三人が一度に通れるほどのスペースがなかったので、ドアのところでぎゅうぎゅう詰めの大渋滞を起こしていました。

「フローラ、よく無事に帰ってきてくれた……むぐ……」

「リベル殿も一緒だな。安心したぜ、うぐぐ……」

「短い時間でしたけど、フローラの代役はきっちり果たしましたわよ！　それはそれとして、狭いですわ……」

なんだか似たような光景を出発前にも見たような気がしますね。

私は苦笑しながら言いました。

「ミケーネさん、イズナさん、ポコさん。救出作業をお願いします」

そんな一幕を挟みつつ、改めて仕切り直しとなりました。

三人には順番に私の部屋に入ってもらい、その後、リベルを救出するまでの経緯について私から説明することになりました。

「――というわけで、無事に私たちは帰ってこられたわけです」

「我の方から補足しておくと、ファールハウトの目的はフローラの持つ力……時間の操作を手に入れることだった。その力を使い、神界やその管理下にある数々の人界を存在する以前に戻す、要するに『なかったこと』にして消滅させるつもりだったらしい」

「なんつーか、恐ろしい話だな」

ぶるり、と身を震わせてライアス兄様が呟きます。

「ファールハウトはいったい何のためにそんなことを企てたんだ」

「ひとつでも多くの世界を滅ぼすこと、それ自体がファールハウトの目的であり存在意義だ。自然災害のようなものと考えるべきであろう」

リベルははっきりとした口調でそう言い切りました。

ちなみに——

どうしてリベルがやけにファールハウトについて詳しいのかと言えば、憑依されていた影響です。

乗り移られていたあいだ、ファールハウトの思考や意思がリベルに流れ込んできていたのだとか。

当時の記憶も曖昧ながら残っており、私たちに危害を加えたことについても内心ではかなり気にしているようです。

私としては、ファールハウトに操られてのことだから別に構わないんですけどね。

それはさておき、話が一段落ついたところで私はご先祖さまから預かっていた剣をライアス兄様に手渡しします。

「ご先祖さまはライアス兄様のこと、いい兄貴だから仲良くしろ、って言ってましたよ」

「そいつは光栄だ。……次があるかどうかは分からねえが、フローラを守れるくらい強くならねえとな」

「ライアス兄様はこの国の王子なんですから、まずは自分を守ってください。私にはリベルがいますから」

「その通りだとも。我に任せておくがよい。……まあ、今回は我がフローラに助けられたがな」

「別にいいじゃないですか。私がピンチの時はリベルが助けに来て、リベルがピンチの時は私が助けに行く。お互いに助け合ったら万事まるっと解決です」

「クク、なるほど、よい考えだ。褒めてつかわそう」

わしゃわしゃ。

リベルは気分良さそうに笑い声を上げると、私の頭を撫でます。

「帰ってきて早々に惚気るなんて、なかなか見せつけてくれますわね」

マリアがクスクスと笑いながら、私とリベルの方に視線を向けました。

「ところで、リベル様が攫われたのはフローラとの大事な話の途中だったと聞いておりますわ。二人とも無事に帰ってきたことですし、続きをされてはいかがでして？　もしお邪魔でしたら、わたくしたちは今すぐにでも席を外しますわよ。そうですわよね、ライアス様」

「俺はもうちょっとフローラと喋っていたいような……」

「わたくしたちは今すぐにでも席を外しましょう。そ、う、で、す、わ、よ、ね、ライアス様」

「……お、おう」

マリアのプレッシャーに負けて、ライアス兄様は意見をひっくりかえしました。

私としては……どうでしょうか。

大事な話の続き。

つまり、リベルの気持ちにどう応えるか。

私はもう自分の感情をきっちりと理解しています。

さっきだって、頭を撫でられた時にほわっと胸のあたりが温かく、それでいてドキドキと高鳴っていました。

ただ、その感情を言葉にして伝えるのは少し、いえ、かなり気恥ずかしいものがあります。

チラリ、とリベルの方を見上げます。

彼もまた私の方に視線を向けていました。

目と目が合って――思わず、お互いにそっぽを向いていました。

こんな状況で話の続きができるかというと……怪しいところです。

「マリア殿、何事も人それぞれのペースというものがある。急ぐことはないだろう」

助け船を出してくれたのは、それまで口を閉じて聞き手に回っていたお父様でした。

「フローラ、リベル殿、二人とも疲れているだろう。今日はとにかく休むといい。何事も、体調を整えてからのほうが良い結果になるものだ」

結論として――

その日は私もリベルも、お父様の言葉に甘えて休ませてもらうことになりました。

『大事な話』の続きはまた今度、ということで。

ただ、いつまでも先延ばしにするわけじゃないですよ。

ないんですけど……。

「フローラ、その、だな」

「な、な、なんでしょう」

お互い、顔を合わせると妙に会話がぎこちなくなってしまって、話の続きをしよう……というところまで辿り着かないのです。

「まったく、こんなことなら帰ってきた時にもっと急かしておくべきでしたわ」

というのは、私たちの様子を目にしたマリアの弁です。

「結論はもう分かり切っているのですから、さっさと答えを出してしまったほうが楽になれますわよ」

私もそう思います。

でも、いざリベルを前にすると緊張してしまうんですよね……。

それは彼も同じらしく、しばらくはぎこちない日々が続きました。

やがて建国祭のほとぼりも冷め、首都ハルスタットも落ち着きを取り戻したころ、私はドラッセンに帰ることになりました。

移動手段はいつもどおりレッドブレイズ号での空路ですね。

リベル、テラリス様、ノア、マリアの四人も一緒に船に乗ってドラッセンへ来ることになっています。

……なっていた、のですが。

「フローラ、聞くがよい」

レッドブレイズ号に乗り込もうとしたところで、リベルが声を掛けてきました。

「いつも船ばかりでは飽きてしまうだろう。……たまには、我の手に乗って行かぬか」

えっと。

これってたぶん『大事な話』の続きをする、ってことですよね。

実際、リベルの表情はいつもより硬く、緊張した雰囲気を漂わせていました。

近くにいたマリアに視線を向けると、なぜか満面の笑みで頷かれました。

テラリス様もやけにニコニコとした表情でこちらを眺めています。

ノアは……ネコ精霊たちと追いかけっこして遊んでいますね。

とても和む光景です。

ぜひそのままでいてください。

いいえ、現実逃避している場合じゃないですね。

「フローラさま、ぼくたちのことは気にしなくてだいじょうぶだよ！」

「たまにはお二人で空の散歩を楽しんできてはいかがでしょうか」

「ばんごはんまでにはかえってくるんだよー」

ミケーネさん、イズナさん、ポコさん。

三匹は私の足元にやってくると、そんなふうに声を掛けてきます。

ここまでお膳立てしてもらったら、さすがに逃げるわけにはいきませんね。

よし。

覚悟を決めました。

私は大きく息を吸い込むと、リベルの方に向き直って答えます。

「分かりました。それじゃあ、私たちは別行動でドラッセンに行きましょう」

＊　＊

「今日はいい天気ですね。涼しくて気持ちいいです」

「雲ひとつない青空とはこのことだな」

というわけで――

私はいま、リベルの右手に乗せてもらい、首都ハルスタットからドラッセンに向かっています。

視線を下に向けると、ものすごい速度で景色が流れています。

「私たちの方が先にドラッセンに着いちゃいそうですね」

「かもしれん。……提案だが、少しばかり寄り道をしていかんか」

「ええ、いいですよ」

私は頷きます。

ほどなくして、遠くに森が見えてきます。

ただし、その中心部には大きな穴が開いており、内部には空洞が広がっています。

「フローラ、ここがどこか覚えておるか」

「リベルが眠っていた場所ですよね」

名前は、精霊の洞窟。

まだナイスナー王国が辺境伯領だったころ、洞窟の奥に眠るという竜の力を借りるため、私は一人で洞窟の奥に向かいました。

その最下層には傷ついたリベルが眠っていたわけですが、洞窟から出る際、彼は通り道を作るために《竜の息吹》を真上に向けて放ちました。

結果、洞窟はまるっと完全に消滅し、後には巨大な空洞だけが残っている……というわけです。

経緯はともあれ、ここは私とリベルが初めて出会った場所ですし、過去を振り返ってみるとなかなか感慨深いものがあります。

あの日、私が精霊の洞窟を訪れなかったなら、ナイスナー辺境伯家は滅び、今とはまったく違う未来になっていたでしょう。

「せっかくここに来たのだ。地上に降りてみるのはどうだ」

「私は大丈夫ですよ。行きましょうか」

できるだけ平静を装いつつ、私はリベルの言葉に頷きます。

内心では、心臓が爆発しそうなくらいドキドキしていますけどね。


ほどなくして、リベルは森の近くに着陸しました。

私を右手から降ろすと、すぐに人間の姿に戻ります。

「大穴のところまで歩くか」

「魔物が出たら守ってくださいね」

「当然だとも。我に任せておくがいい」

その会話は普段通りの内容ではあるものの、互いの声色には僅かにぎこちなさが混じっていました。

私も、きっとリベルも、この後のことを意識しているからでしょう。

そこからしばらく、私たちは無言で森を歩きました。

何か話題を……と思うものの、うまく頭が回りません。

聞こえてくるのは、チチチ、という小鳥の楽しそうな鳴き声ばかりです。

やがて森を抜けると、私たちは大穴の端に辿り着きました。

「さすがに下までは降りませんよね」

「汝(なんじ)が行きたいというのなら別に構わんぞ」

「うーん、遠慮しておきます。それよりも――」

話したいことがあるんです。

そんなふうに意を決して切り出すつもりだったのですが、私の言葉を遮るようにリベルが口を開きました。

「待て。こういうのは我の方から言うべきであろう。いや、言わせてもらいたい」

「ダメです。ここで勢いを逃したら、照れくさくて何も言えなくなっちゃいます。聞いてくださ い」

私は彼をまっすぐに見上げ、言葉を続けます。

「私はリベルが好きです。貴方が連れ去られた時、本当に胸が苦しくなりました。助け出せた時、心から嬉しく感じました。一緒にいて、言葉を交わしたり、からかったり、からかわれたりするのがすごく楽しくて、幸せなんです。……これからは守護者じゃなく、もっと近い距離で、一緒にいてくれませんか」

「……先に、言うべきことをすべて言われてしまったな」

リベルが困ったように苦笑します。

「我は汝のことを愛おしく感じておる。以前にも話したが、汝が倒れた時はかつてないほどに動揺した。無事に目を覚ましてくれた時、まるで自分の命が救われたかのように安堵した。同じ場所にいること、会話を交わすこと、触れ合うこと――汝と過ごす時間のすべてが我に幸福を与えてくれる。我は守護者などではなく、もっと近しい存在として、汝と共に生きていきたい。我の伴侶になってくれまいか」

「はい、喜んで」

私は頷きつつ、喜びと安堵が混じり合ったような気持ちを覚えていました。

自分の気持ちが受け入れてもらえること。

自分が愛しく思っている相手に、愛しく思われていること。

なんとなく分かってはいたものの、言葉ではっきりと伝えてもらったことで、ようやく安心できました。

胸のあたりには温かさとともに、きゅん、と甘酸っぱい感覚が広がっています。

私たち、両想いなんですね。

よかった。

ホッとしてため息を吐くと同時に、足から力が抜けました。

地上に降りてからというもの、いえ、リベルの手に乗って移動している間もずっと気を張っていましたからね。

緊張が解けた反動で身体が弛緩(しかん)し、そのまま倒れそうになってしまいます。

「おっと」

けれど、それよりも先にリベルが動きました。

右手を伸ばし、私を抱き寄せるようにして支えてくれます。

「大丈夫か、フローラ」

「ありがとうございます。ちょっと気が抜けちゃいました」

「汝ほどではないが、我もようやく肩の荷が下りたような気分だ。この数日間、いつ思いを告げるべきかと考え込んでおったからな」

「私もずっと話をするタイミングを探していました。……お互い、考えていたことは一緒だったんですね」

「そのようだな」

リベルはフッと笑みを浮かべると、左手を私の顎に添えました。

「今日は話だけでよいと思っていたが、気が変わった。もっと汝を愛でさせるがいい」

その言葉が何を意味しているか、なんて、説明しなくても分かりますよね。

私は小さく頷くと、一歩、リベルのほうに踏み出します。

クイ、と。

彼の左手が私の顎を軽く持ち上げました。

リベルの、整った顔がこちらに近付いてきます。

私は瞼を閉じました。

頬でも、額でも、手の甲でもなく――。

唇に、あたたかな感触がありました。

リベルが右手に力を込めて、さらに強く私を抱き寄せます。

私も、それに応えるように、両手で彼の身体を抱き締めました。

＊＊

それからしばらくして、私たちは大穴を離れました。

二人で手を繋(つな)いで……というのはちょっと気恥ずかしいので、横に並んで、けれども今までより近い距離で一緒に森を歩きます。

「リベル」

「どうした?」

「いえ、なんとなく」

「浮かれておるな」

「リベルはどうですか」

「よい気分だ」

「浮かれているってことですね」

「かもしれぬ」

たわいない会話を交わすだけでも、なんだか幸せな気持ちになってきます。

やがて森を出たところで、思いがけないことが起こりました。

「おうさま、フローラさま、おめでとう!」

「やっとおちつくところにおちついた!」

「ながいじれじれだったけど、うまくいってひとあんしん！」

ポン、ポン、ポポポポポポポン！

周囲で白い煙が弾けたかと思うと、たくさんのネコ精霊が視界いっぱいに現れたのです。

「もしかして、私たちのことを待ち構えてたんですか」

「そうだよ！」

足元から元気な声が聞こえました。

下を見れば、いつのまにやらミケーネさんが近くに来ています。

「邪魔が入らないように、森の周囲を見張っていたよ！　えへん！」

「森の中までは誰も足を踏み入れておりませんのでご安心ください」

そう言いながら私のところにやってきたのはイズナさんです。

「フローラ様もリベル様も幸せそうでなによりです。ご報告が遅れましたが、ドラッセンではお二人の帰還を祝うために住民たちが祭りの準備をしているようです」

「ほう、それはよい心掛けだ。楽しみにさせてもらおう」

リベルが口元に微笑を浮かべながら呟（つぶや）きます。

反応はやや薄いですが、内心ではかなり喜んでますね。

私には分かりますよ。

「竜の姿で飛んでいくのもお手間と思いまして、車を用意いたしました。どうぞ、お乗りください」

車？

馬車のことでしょうか。

……と思っていたら、少し離れたところでボン！　と大きな白い煙が弾けました。

その中から現れたのは普段の五倍くらいのサイズになったポコさんです。

両手両足を地面につけた姿勢で、背中には天蓋付きの座席が取り付けられています。

以前、パレードの時に乗せてもらった『たぬ車』の状態ですね。

「フローラさまー、おうさまー。のるといいよー」

というわけで――

私とリベルはさっそくポコさんの背中に乗せてもらいます。

あえて断る理由もないですからね。

周囲を見れば、ネコ精霊たちはどこからともなく（おそらく精霊倉庫から）楽器を取り出し、にぎやかな音楽を奏で始めていました。

「それではドラッセンに参りましょう」

「ぼくとイズナさんについてきてねー」

どうやらミケーネさんとイズナさんが先導役のようですね。

「しゅっぱつー」

たぬ車……というかポコさんがゆっくりと動き始めます。

「お祭り、楽しみですね」

私は左隣に座るリベルに声を掛けます。

「ドラッセンに着いたら、一緒に回りませんか」

「当然であろう。我は汝の守護者……いや、恋人なのだからな」

リベルは柔らかな笑みを浮かべると、右手をそっと私の左手に添えました。

あとがき

こんにちは、遠野九重です。

『役立たずと言われたので、わたしの家は独立します！　～伝説の竜を目覚めさせたら、なぜか最強の国になっていました～』七巻をお買い上げくださり、本当にありがとうございます！

皆様の応援ありまして、フローラたちの物語もきっちり最後まで書き終えることができました。

これにて完結、めでたしめでたし。

貴方（あなた）の心に残るものがあれば幸いです。

それではありがとうございました、またどこかでお会いしましょう！


……勢いに任せて書いてみたら、あとがきが七行で終わってしまいました。

完結による達成感で「もう何も語ることはない……」みたいな心地ですが、よく考えてみたら語ることがいっぱいあったので続けます。

まずは自分の体調について。

五巻のあとがきでも触れましたが、私、遠野九重は昨年七月に憩室炎で入院しました。

虫垂炎（いわゆる盲腸炎）かなと思ったら違った……という話はさておき、七月の三連休の最終日に入院となったことを今も覚えています。

それもあって「今年の三連休も何かあるんじゃないか」と不安に駆られていたのですが、幸い、現在も無事に過ごしております（このあとがきは二〇二三年七月二〇日に書いています）。

ただ——

三連休の直前（七月十日〜七月十三日）は身体の疲労もひどく、ちょっとヤバいかな……と感じていたりもしました。

きっと仕事（医師のほう）の忙しさに加えて、湿気のダメージがピークに達するのがこの時期なのでしょう。

遠野は湿気に弱いタイプらしく、六月下旬から七月上旬にかけては毎年だいたい調子が悪く、ジメジメした地域に行くとさらにそれが悪化します。

具体的には一日中ずっと頭痛が続き、日が沈むころには体力が尽きて眠ってしまいます。

ついでに胃も弱り切ってしまい、固形物がロクに食べられない状況になってしまうという……。

「私ってもしかして病弱キャラ……？」と思ってしまうくらい不調に苛（さいな）まれます。

正直、夏休み、冬休みに加えて『梅雨休み』が欲しいですね。

というか、あったほうがいいと思うんですよね。

これは個人的な見解ですが、六月下旬から七月上旬って、他の時期に比べて人間関係のトラブルが起こりやすいような……？

毎年、この時期になると職場で大きな諍（いさか）いが起こったり、あるいは、ＳＮＳのコミュニティが崩壊したり、といった話をよく耳にします。

きっと湿気と暑さで誰もがイライラしているせいでしょうし、梅雨休みがあったほうが世の中はうまく回るんじゃないかな……と思っています。

まあ、小難しい話はさておき、休日と祝日は多い方が嬉しいですよね。


話は変わりますが、最近、遠野のシリーズ累計部数が百二十万部を突破しました。

ミリオン突破です。マジか。

私自身、ビックリしています。

二〇一五年にデビューしてからというもの、色々と厳しい出版業界において、八年以上も作家として生き残れているだけでもありがたい話ですが、まさかミリオンセラーに到達できるなんて。

驚きつつ、支えてくださっている読者の皆様には感謝するばかりです。

本当にありがとうございます。

ちなみにこの百二十万部という数字は、ＭＦブックス様から出している『異世界で手に入れた生産スキルは最強だったようです。～創造&器用のWチートで無双する～』（六十万部）とアリアンローズ様から出している『起きたら20年後なんですけど！　～悪役令嬢のその後のその後～』（六十万部）を足したものです。

よって、百二十万という数字に本作、『役立たずと言われたので、わたしの家は独立します！～伝説の竜を目覚めさせたら、なぜか最強の国になっていました～』の数字はまだ入っていません。

入れたらどれくらいになるでしょうか。

もしかしたらこの本の帯に『役立たず～』のシリーズ累計部数が書いてあるかもしれないので、よければ計算してみてください（書いてなかったらごめんなさい）。

ともあれ、今後とも作家としての活動を続け、皆様に楽しい時間をお届けできれば幸いです。

今後ともよろしくお願いします。


……なんだか締めの文章っぽくなってしまいましたが、もうちょっとだけ続きますよ。

ここからは近況報告っぽいものになります。

まず、『役立たず』コミック一巻、二巻がまたまた重版しました。ありがとうございます。

まだ読んでないよー、という方は、コミックでフローラたちの物語を振り返ってみてはいかがでしょうか。

コミックオリジナルのネコ精霊があっちこっちに出てきますよ！　居酒屋の大将っぽい子とか。

コマのあちこちでネコ精霊がフリーダムに過ごしているので、よければ探してみてください。

他の報告事項としては、今年も東北芸術工科大学にて講義をさせていただくことになりました。

もはや毎年恒例のことになってきましたね。

とはいえ手を抜いたりはしませんよ、ご安心ください。

講義のスライドはいっさい使いまわさず、常に最新の内容にアップデートしています。

この本が出版される頃にはもう講義も終わっているはず。

遠野は感覚で小説を書いているタイプですが、その感覚を頑張って言葉にして誰かに伝えようとする、というのはなかなかに面白いものです。

「私、こんなことを無意識で考えてたんだ！」みたいな発見が毎年のようにあります。

受講してくださる生徒さんたちにとって学びになっていればいいな……！

（アンケートの結果などを見るに、大丈夫なはず）


ではでは恒例の謝辞を。

阿倍野ちゃこ先生、『役立たず～』に最後までお付き合いくださり、誠にありがとうございました！　先生の素敵なイラストがなければここまで続けることはできなかったと思います。心からの感謝を申し上げます。

担当編集のK様、スケジュールを調整し、ギリギリまで待ってくださってありがとうございます。おかげでフローラたちをきっちり送り出すことができました。

校正様、初稿にうっかり「前巻の記述を後でチェックして書き直す」とメモしたまま直さずに出してしまってすみません。しかも前巻の記述を調べて、修正提案までしてくださって本当に助かりました。今回に限らず、見落としの指摘など、いつもありがとうございます。

そして、完結巻まで追いかけてくださった読者の皆様。

『役立たず～』が最後まで書ききれたのは、皆様の存在あってのことです。

本当に、本当にありがとうございます。

次のシリーズでまたお会いしましょう。

どうか元気で！

遠野九重

お便りはこちらまで

〒102－8177
カドカワBOOKS編集部　気付
遠野九重（様）宛
阿倍野ちゃこ（様）宛

カドカワBOOKS

役立たずと言われたので、わたしの家は独立します！ 7
～伝説の竜を目覚めさせたら、なぜか最強の国になっていました～

2023年9月10日　初版発行

著者／遠野九重

発行者／山下直久

発行／株式会社KADOKAWA

〒102-8177
東京都千代田区富士見2-13-3
電話／0570-002-301（ナビダイヤル）

編集／カドカワBOOKS編集部

印刷所／暁印刷

製本所／本間製本

●お問い合わせ
https://www.kadokawa.co.jp/（「お問い合わせ」へお進みください）
※内容によっては、お答えできない場合があります。
※サポートは日本国内のみとさせていただきます。
※Japanese text only

Printed in Japan
ISBN 978-4-04-075132-0 C0093

新文芸宣言

かつて「知」と「美」は特権階級の所有物でした。

15世紀、グーテンベルクが発明した活版印刷技術は、特権階級から「知」と「美」を解放し、ルネサンスや宗教改革を導きました。市民革命や産業革命も、大衆に「知」と「美」が広まらなければ起こりえませんでした。人間は、本を読むことにより、自由と平等を獲得していったのです。

21世紀、インターネット技術により、第二の「知」と「美」の解放が起こりました。一部の選ばれた才能を持つ者だけが文章や絵、映像を発表できる時代は終わり、誰もがネット上で自己表現を出来る時代がやってきました。

UGC（ユーザージェネレイテッドコンテンツ）の波は、今世界を席巻しています。UGCから生まれた小説は、一般大衆からの批評を取り込みながら内容を充実させて行きます。受け手と送り手の情報の交換によって、UGCは量的な評価を獲得し、爆発的にその数を増やしているのです。

こうしたUGCから生まれた小説群を、私たちは「新文芸」と名付けました。

新文芸は、インターネットによる新しい「知」と「美」の形です。

2015年10月10日
井上伸一郎

シリーズ好評発売中！
歩くたび増えていく
新しい出会い、新しいスキル
この世界で、
のんびり旅はじめます。
講談社
「マガジンポケット」より
コミックス
好評発売中!!
漫画：小川慧
異世界ウォーキング

「小説家になろう」で4900万PV突破の人気作！

※「小説家になろう」は株式会社ヒナプロジェクトの登録商標です。

剣と魔法と学歴社会

§前世はガリ勉だった俺が、今世は風任せで自由に生きたい§

西浦真魚

illust まろ

出身学校で人生が決まる貴族社会に生まれた田舎貴族の三男・アレンは、素質抜群ながら勉強も魔法修行も続かない「普通の子」。だが、突如蘇った前世は、受験勉強・資格試験に明け暮れたガリ勉リーマンで……。前世のノウハウを活かし、文武を鍛えまくって最難関エリート校へ挑戦すると、不正を疑われるほどの急成長で、受験者・教師双方の注目の的に！　冒険者面接では就活の、強面試験官にはムカつく上司の記憶が蘇り――と更に学園中で大暴れしていき!?

カドカワBOOKS

前世リーマンの
フリーダム問題児、
エリート校に
殴り込み!?